更好的人生

[法] 安娜·戈华达（Anna Gavalda）——著

张 怡——译

La Vie en mieux
deux histoires

湖南文艺出版社
HUNAN LITERATURE AND ART PUBLISHING HOUSE

博集天卷
CS-BOOKY

图书在版编目（CIP）数据

更好的人生 / (法) 戈华达 (Gavalda,A.) 著；张怡译. —长沙：湖南文艺出版社，2016.5
ISBN 978-7-5404-7579-6

Ⅰ. ①更… Ⅱ. ①戈… ②张… Ⅲ. ①长篇小说—法国—现代 Ⅳ. ①I565.45

中国版本图书馆CIP数据核字（2016）第0823035号

©中南博集天卷文化传媒有限公司。本书版权受法律保护。未经权利人许可，任何人不得以任何方式使用本书包括正文、插图、封面、版式等任何部分内容，违者将受到法律制裁。

著作权合同登记号：图字18-2015-180
La vie en mieux
© LE DILETTANTE, 2014
Simplified Chinese language edition published by arrangement with Éditions Le Dilettante, through The Grayhawk Agency.

上架建议：畅销外国文学

更好的人生

著　　者：[法] 安娜·戈华达（Anna Gavalda）
译　　者：张　怡
出 版 人：刘清华
责任编辑：薛　健　刘诗哲
监　　制：蔡明菲　潘　良
策划编辑：马冬冬
特约编辑：田　宇
版权支持：辛　艳
营销支持：李　群　杨清方
版式设计：张丽娜
封面设计：利　锐
出版发行：湖南文艺出版社
　　　　　（长沙市雨花区东二环一段 508 号　邮编：410014）
网　　址：www.hnwy.net
印　　刷：北京嘉业印刷厂
经　　销：新华书店
开　　本：880mm × 1270mm　1/32
字　　数：161千字
印　　张：8
版　　次：2016 年 5 月第 1 版
印　　次：2016 年 5 月第 1 次印刷
书　　号：ISBN 978-7-5404-7579-6
定　　价：38.00 元

质量监督电话：010-59096394
团购电话：010-59320018

致

马 里 耶 亚 娜

目　录
contents

◇　玛　蒂　尔　德

　　你知道的，玛蒂尔德，如果你在生活中真的很重视什么东西，那好吧，那就竭尽全力，不要失去它。

第一幕

1

这是凯旋门附近的一家咖啡馆。每次我总是坐在同一个位置上——咖啡馆深处的位置,就在吧台的左后方。不看书,不换位置,不打电话,我在等某个人。

我在等某个永远不会来的人,无聊的时候就看着夜幕降临,星移斗转。

最末的一批酒客,最末的推杯换盏,最末的老掉牙的玩笑,差不多一小时里人潮逐渐平静,巴黎最后伸了个懒腰:出租车轰鸣着驶过,高个子的姑娘们进入视线,店老板调暗光线,服务生看起来忽然年轻了好几岁。他们在每张桌子上摆上一截小蜡烛——假的蜡烛——烛光摇曳，但烛油从不会滴落，然后小心翼翼地暗示我：要不再要点喝的，要不就把位子让出来。

我又要了杯喝的。

算上之前的两次，这是我第七次在这里狂饮烂醉，直至天色微明。我不会弄错次数，每次都有账单为证。开始的时候，是出于习惯也好，出于收集癖也罢，我应该是想把它们留作纪念，但是到了今天呢？

今天，我忽然意识到自己之所以会这样做，只是想让自己伸手进大衣口袋的时候，不至于一无所获罢了。

要是这些小纸片都在的话，那么就是说……可，就是说什么呢？

什么都不能说明。

除了在无名士兵墓旁，生活显得那么珍贵。

2

深夜一点。又一次无功而返。

我住在蒙马特尔公墓①附近。这辈子从没有走过这么远的路。之前我还有一辆自行车——它叫让诺——但后来有一天就弄丢了。具体的日子在记忆里已经漫灭不清。应该是在去一群不认识的人家里欢庆节日之后，我想，那会儿他们就住在圣拉扎尔火车站②附近。

———————————

① 与拉雪兹神父公墓、蒙帕纳斯公墓并列，是法国巴黎的三大公墓之一，位于巴黎十八区。——编者注
② 法国国铁在巴黎的七大列车始发站之一，位于巴黎西北部的第八区，包含了多种铁路运输服务和城市轨道交通服务。——编者注

一个年轻男人陪我走回他家。靠在他怀里，我很快活，但等到躺在他家床上的时候，我的心情却变了。猫笼、他家羽绒被上的图案、宜家床头贴着《搏击俱乐部》的电影海报，我……我做不到。

我的酒量要比自己以为的好太多。

这种事第一次发生在我自己身上。就等临门一脚的时候，我却清醒过来退缩了，这让我觉得非常懊恼。本来我该是多喜欢这样的。是的，本来我很喜欢这样做的。我喜欢这样。而且，更糟糕的是，布拉德·皮特和爱德华·诺顿还在那里拿着蜡烛。然而不管怎么说，我的身体反应出卖了我。

怎么会这样?

我的身体。

如此驯服的身体……

直到今晚以前，我还不愿意承认，但是今天晚上，就在一人孤独地走了那么远之后，在空虚、乌有和若有所失——持续的若有所失之后，我却不得不低头屈服：就是他。

就是他，这个挖人墙脚的寄生虫，出现在丑陋的被单之下的人，就是他。

我背靠着墙，一丝不挂，失望至极。就在我不知所措的时候，耳边响起一个想要安慰我的声音，声调懒洋洋的：

"唉……你还是可以待在这里的，嗯……"

如果那时我手里有枪，一定会让他脑袋开花的。

　　就冲着这句"还是可以"，就冲着这种轻蔑的语调，就冲着这份施舍给没有便宜可占的傻姑娘的恩惠。

　　兵。

　　它让我浑身颤抖。一口气跑下楼梯，冲到街上，我在路灯下四处寻找自己的自行车。愤怒让我浑身颤抖。我从没有经历过这样的状况。

　　嘴里冒出一股火药的味道，我冲地上吐了口浓痰，我要摆脱它。

　　可我连口痰都不会吐，我吐在了自己身上，我的袖子和漂亮围巾上。不过这样倒也正好，不然怎么解释我身上那么强烈的怒火？

　　我过着自己应得的生活，而且不论如何，我还……活着。

3

我叫玛蒂尔德·萨尔蒙，今年二十四岁。名义上我现在还是艺术史专业（漂亮的发明）的学生，但在现实的生活中，我替我的姐夫打工。富有、英俊、气质冷峻的姐夫。他总是揉着鼻子，还不喜欢打领带。他有一家数字创意工作室，专门提供产品设计、品牌经营以及互联网发展服务（解释一下，就是说如果你有一批假冒伪劣产品，想通过互联网把它们处理掉，那他可以帮你制作一份精致的产品介绍，设计一套包括付款权限在内的安全销售流程），从去年开始我就在他手下做事。

他需要雇用员工，而我需要零花钱。所以就在我生日的那天晚上，我们一拍即合，碰杯决定。可就像工作合同一样，这事儿糟糕透了。

大学生的身份让我可以享受一系列的优惠待遇，例如，去影院看特价电影，去博物馆看特价展览，去体育馆特价办卡，还有去学生食堂吃特价套餐，但现在我一天中的大部分时间都在电脑屏幕前度过，我开始变得傻乎乎，再加上现在我赚得不少，根本不用去食堂吃饭，所以这样一来，结果就等于我不能再享受学生优惠了。

我在家里工作，按照自己的节奏工作，不用缴税。我有成千上万个姓氏、地址、假名还有外号，花上整日的时间为网站刷好评。

请设想一下地铁站的打孔机，完全是一模一样的节奏。我噼噼啪啪地在键盘上敲出一行行好评，都能对着你们唱出来：

我敲出很多com，小小的com，不断地敲出小小的com，

第二流-流-流的com，

第一流-流-流的com……

我会收到无穷无尽的网站地址清单，清单后附加的要求不是"整垮它"就是"只要好评"[①]（在数字产业里只要是有品的东西，就得用英语），而我每天工作的目的无非就是要在中伤、打压我们的潜在顾客后，再迫使他们不得不找到我们，花大价钱购买代刷好评的服务。我可以让好评铺天盖地充满相关论坛，也有办法让谷歌搜索第一条显示的就是最棒的产品反馈信息。

举个例子：溜溜球之家生产并销售超级溜溜球，但它的公司网站显然早就跟不上时代了［也就是说，为了说服公司老板，网站上由米

---

① 原文为英语。——译者注

歇尔林.T（在下）、让诺41号（我）、酷比-小天使（俺）、埃尔木冯木琛（我①）或是纽约流浪女孩（我和我自己②）写下、留下、丢下、分享、转载、转帖、转发的或长或短的差评〕就成了溜溜球之家最大的烦心事。最后，通过我姐夫颇为曲折、但又不无天才的营销战略（此中详情过于冗长，暂不赘述，写或不写，都不重要），溜溜球先生和太太打听到鄙公司神通广大的丰功伟绩，他们登门造访，恳请姐夫出手相助：显然他们需要一个全新的网站。当然！这对于企业而言，可是生死攸关的大事！而我姐夫，高贵的绅士先生，最后难却盛情，点头答应。三周过后，哦，奇迹出现，当你再用键盘输入yo或是yoy的字符时，检索系统自动就帮你导向了溜溜球之家的网站yoyoland（目前只输入首字母y还不行，不过我们像疯子一样没日没夜地刷记录）。新的"哦"，新的奇迹，在下给自家的六个孙辈每人订了十个溜溜球，我太高兴了，我要告诉全世界每个溜溜球销售点，俺要说这玩意儿真是忒好了！！！我想要些溜溜球之家服务部门的信息③，还有我和我自己非常非常非常非常兴奋，这些溜溜球太有法国范儿了④。

　　好了，就是这样，我的工作就是刷好评。而我的姐夫，则坐在十六区的宽敞公寓里，寻找着下一个目标。

---

① 原文为德语。——译者注
② 原文为英语。——译者注
③ 原文为德语。——译者注
④ 原文为英语。——译者注

我心里清清楚楚，这份看似不错的工作的前景其实只是海市蜃楼。大概写完（动笔写）我的硕士论文《从荷兰的威廉明娜女王[①]到保罗·茹阿尼[②]，供水彩画家及其他露天画家使用之旅行挂车之历史及概念》（好大的论文题目，不是吗？）后，或是考虑一下我的未来，比如，我的饭碗和退休之地，会让我体验到更多的乐趣。唉，可我已经在人生的半途中丢失信仰，现在的我，已然沦为无利可图便不愿动手的那类人。

既然一切都是编造的……既然一切都只是刷出来的好评……既然极地的冰川正在消融，既然银行家最终还是得到赔偿，既然农民在自家的谷仓上吊自杀，既然政府拆除公共长椅，避免流浪汉鸠占鹊巢……坦白地说那我干吗还要自寻烦恼，不肯和这样的世界同流合污呢？

为了摆脱这个念头，我成了我姐夫还有拉里·佩奇[③]的同谋：我从早到晚地编造谎言，又从晚到早地狂歌滥舞。

好了……我在跳舞。现在我握着自己的腰带，在月光下画出一片领地，我在等一个男孩，他甚至不知道我在等他。

这真是荒唐至极。

我得是多可怜、多缺爱、多温柔才会沦落到今天的地步。

---

① 　（1880 年 8 月 31 日—1962 年 11 月 28 日），荷兰女王（1890—1948 年在位）和王太后（公主头衔，1948—1962 年）。——编者注
② 　（1854—1932 年），画家。——编者注
③ 　Google 公司的创始人之一。——编者注

4

波利娜和朱莉.D是对双胞胎姐妹花，她们与我一同分租堂雷蒙街的一套110平方米的公寓。姐妹俩一人在银行工作，另一人则就职于保险行业。两人都是摇滚范儿。我和她们几乎没有任何共同点，但这也恰恰是我们可以和谐同居的秘密所在：当她们出门的时候，整个家好像就只属于我一人，而等到她们回来的时候，我就出门去了。

她们负责记账，我负责代她们收包裹（Paypal①的傻瓜规定），我负责购买羊角面包，她们负责倒垃圾。

一切都很棒。

---

① 美国 eBay 公司的全资子公司。——编者注

更　　好　的
人　生　　*La Vie en mieux*
　　　　　　Deux histoires

　　我觉得这姐妹俩有点傻乎乎的，但既然她们在挑选房客的时候选中
了我，那我也没什么可抱怨的。那时候她们俩搞了一系列类似"寻找完
美新房客"的见面会（我的上帝啊……场面宏大……算是我疯狂青春
史里另一段难忘的奇遇……），而我则是那个被她们选中的幸运儿。尽
管直到现在，我都没有弄明白她们选我的原因。那时候的我还是个看门
的，我在说什么呢，什么看门的，应该是保安人员！玛摩丹美术馆①的
保安！我想一定是莫奈保佑了我：一个衣着整齐的年轻姑娘花了那么多
时间待在那一大堆《睡莲》中间，那她肯定是个正直可靠的人。

　　总而言之，这两姐妹就是有点傻乎乎的，我一直这么说。

　　根据她俩的履历，巴黎并不是她们职场上的必经之地。她们在巴黎
住得并不开心，总是想着回鲁贝②去，回到她们的父亲、母亲还有胖猫
"挠挠"身边，所以只要一有机会她们就会跑回那个避风港。

　　因此，对我来说，在她们决定彻底回老家之前，我就应该好好享用这
好运气（周末独享超级舒适的公寓以及姐妹俩存放在洗手台下面、折叠得
整整齐齐的消毒香水纸巾，正好可以拿来清理我那些狐朋狗友的呕吐物）。

　　可以说，之前我一直在享用这好运气。但现在，我……我不知道。
我想我开始有些厌倦她们了……（每天回家她们就会换上Isotoner牌拖鞋，
在吃早饭的时候必定收听法国音悦台的节目，有时候这真让我受不了）

---

① 法国一间美术馆，坐落在巴黎第十六区。——编者注
② 法国北部城市。——编者注

不过，我知道问题在我身上，对此我相当明白。尽管每次她们冲泡热气腾腾的雀巢咖啡的声音总让我心不在焉，但这姐妹俩始终那么的小心谨慎，努力不要弄出太大声响。毫无疑问，她们的一举一动无可指摘。

是的，是我，错都在我。三个月以来，我无法再体会到生活的乐趣，我不再出门，不再饮酒，不再……

我生活的一切都在往糟糕的轨道上走。

✾　✾　✾

三个月前，我们的公寓还是一片狼藉的装修工地。

公寓原来的状态并不太理想，波利娜（两姐妹里稍微机灵点的那位）说服房东让我们自主完成公寓的翻修工程，而装修费用则用我们的房租来抵。（这个句子有点绕，显而易见，这不是我会说的话，我可以向你们保证！）这项工程激发了姐妹俩异乎寻常的热情，她们丈量尺寸，规划图纸，翻阅家装图册，制作成堆的预算表格，无数个夜晚就这样在她们俩小口喝着花草药茶的讨论中度过。我甚至开始怀疑她们是否弄混了自己的职业。

老实说，这场手忙脚乱的翻修战役让我颇为不爽。为了保持心情平和，我不得不暂离战场，回归姐夫公司的工作蜂巢，在2.0版原始码排版引擎的陪伴下，继续我长篇累牍的散文创作工程。不过，好吧，我也得承认家里的电路设计的确不尽如人意（一直开着的烤箱、闪烁的电脑屏幕），线路老化脱落，浴室的设计也不太方便使用（每次洗澡都得站在老旧的小浴盆里）。总之，整项工程我半分力都没有出，所以当两姐妹建议我用现金支付公寓翻修费用，以便获得退税（至少！）和卡瓦略先生（她们选中的工程承包商，狡猾精明得很）的支持时，我毫不犹豫地就同意了。

从这个角度看，我也不算是个不合群的家伙。

为什么会回忆起这一切？因为如果这位先生没有狡黠地敲诈我们，如果房屋增值税没有毫无征兆地突然提高，如果我们不是如此贪婪，什么好处都不肯放过——但最后这些好处都还是落在他手里——那么今天我就不会站在这里，在这个让人沮丧的街区，等着一个永远都不会来的人。

下面就让我来讲讲整个故事的来龙去脉。

5

这是凯旋门附近的一家咖啡馆。我坐在咖啡馆深处的位置，就在吧台的左后方。我没有看书，没有换位置，没有玩手机，我在等朱莉来。

我的合租同屋，在法国巴黎银行上班的同屋（她管自己的公司叫Paribas），收入不菲但锱铢必较的同屋，精打细算一切可以由大家分摊的费用（房租、水电费、过年红包、网络合约、小费、小包装洗涤剂、消防员日历、卫生纸、沐浴乳、擦鞋垫，此处已省略其他小件物品）。

我们说定这周五快傍晚的时候，选个离她工作的地方比较近的咖啡馆见面。

一想到要穿过整个巴黎来见她那双美丽的眼睛，我不由得有些飘飘然了，不过我也知道她下了班还得再搭一班火车，所以说到头还是我的运动量比较大……呃……比较小。

　　她要把她们姐妹俩的那份钱交给我，这是我们那位舞弊高手承包商的要求，第二天早上我和他有个约会。要不给他一个鼓鼓囊囊的信封，要不就是一万欧元现金。

　　呃，是的……不管怎么说……那里是凡尔赛。

　　我正好利用这个忙里偷闲的下午去商场逛了逛——在我还是个发色浅褐的小丫头的时候，这是最正常不过的事了：傻乎乎、兴高采烈、目光短浅还有花钱如流水——我在等她过来的时候，用目光扫描了各种廉价小饰品、配饰、彩妆产品以及摆在我身边的仿漆皮长凳上从没有机会能穿的鞋子。

　　我贪婪地凑近长达几公里的玻璃橱窗慢慢打量，然后坐进咖啡馆，小口抿着鸡尾酒来平复心情。

　　我筋疲力尽，身无分文，异常尴尬但又十分幸福。

　　这种心情姑娘们懂的。

❋ ❋ ❋

　　她穿着她那套鼠灰色的西装套裙，不早不迟，准时出现。已经没有时间喝一杯了，好吧，要是，行吧，但只要一杯Vittel①矿泉水。她等到服务生走远，小心翼翼地用余光扫了一下周围，最后从公文包里取出一个信封交给我。她的神情看起来有些痛苦，正如所有银行家不得不付你钱时候的神情一样。

　　"你不把它放包里？"她担心地问道。

　　"会的，会的。当然了。抱歉。"

　　"这可是一大笔钱呀……"

　　看到我搅拌杯子里的薄荷叶，她的神情看起来更忧心了：

---

① 法国矿泉水品牌，伟图矿泉水。——编者注

"你会小心的吧，嗯？"

我郑重地把她们的这份积蓄收妥（可怜的姑娘，要是她知道，会让我晕头转向的并不是杯子里的那一点朗姆酒和绿柠檬……），然后放进我的手提包里，为了让她放心，我又把手提包搁在自己的膝盖上。

"里面全是面值一百的钞票……一开始，我把它们装进一个银行的信封里，但我马上就意识到这样做太不谨慎了。因为信封上有银行的标志，你懂的……所以我又换了个信封。"

"你这样做是对的。"我点头表示对她的赞同。

"还有，就像你看到的那样，我没有把信封封口，这样你可以把你那份也一起放进去……"

"好极了！"

她看起来还是不放心。

"哎，哦，朱莉……好啦，这样……"我叹了口气，又把手提包的肩带绕过自己的脑袋，挎在肩上。"看！一头真正的圣伯纳犬！你的那位安托尼奥无赖先生，他一定会收到他的钱的，他一定会的。别担心了。"

她嘟起嘴做了个表情，但很难说到底是微笑还是叹气，然后她低下头开始仔细计算桌上的账单。

"没关系，我来付吧。去吧，快走吧，不然你就要错过火车了呢。代我问你爸爸妈妈好，还有告诉波利娜她的包裹已经收到了。"

她站起身，冲我那破旧的手提包投来忧虑的最后一瞥，然后她束紧外套腰带，仿佛不情愿一般地动身奔赴周末的老家。

然后，我坐在凯旋门附近一家咖啡馆的深处，其余的话不再赘述。我开始摸索自己的手机。玛丽昂给我发了条短信，她想知道最后我有没有买下我们上周一同看中的那条蓝色连衣裙，她问我现在人在哪里，今天晚上有什么打算。

我给她回了个电话，我们俩在电话里咯咯笑了很久。我向她描述了今天到手的战利品，不过不是那条连衣裙，而是一双浅口平底鞋、一些可爱的小发饰还有几件美翻了的内衣，当然了，你知道的，Eres牌[1]的文胸，配上像这样的小帽子，还有像这样的内衣吊带，让人爱不释手的小短裤，不，不，我向你保证，一点都不贵；但实在太可爱了，当然你知道的，就是把你的小可爱藏在锯齿花边下面的那种类型，巴拉巴拉巴拉，嗒嗒滴，还有哦啦啦。

然后，我向她描述了我那合租同屋一脸便秘样的表情、那个没印银行标记的信封，还有为了让她放心，我是怎样把自己的Upla[2]包带绕过脖子，整出法国童子军的模样。当然，说到这里的时候，我们笑得更厉害了。

最后我们聊了点正事儿，就是组织晚上聚会的事儿，该请哪些人，

----

① 欧洲高端内衣品牌，香奈儿旗下内衣品牌。——编者注
② 巴黎老牌休闲包。——编者注

该穿什么。也没忘了先把我们周围年轻男性的情况捋一遍：行车里程、轮胎损耗、家庭情况、综合能力还有公司的可靠性。

喋喋不休的东拉西扯让我口干舌燥，为了能坚持到最后，我又点了一杯莫吉托鸡尾酒。

你在嚼什么呢？我的朋友突然惊讶地问道。我告诉她，嚼的是碎冰块。你怎么会嚼碎冰块？她又吃惊地问道。她话里有话，傻乎乎的弦外之音里满含着性暗示，意思是喜欢嚼冰块的人在生活的某些场合里天生有优势。

显而易见我是在吹牛。言不由衷、了无新意的自卖自夸，目的自然是为了能听到我那女友的傻笑。这话我说过就忘，抛诸脑后，但几天之后它却再次找上我，让我深陷恐惧之中。

具体情况我们后面再说。

玛丽昂终于挂了电话，我把两张钞票扔在桌上，拿起随身物品。我想在包里面翻找出我的钥匙，去开我那辆连脚踏板都丢了的自行车。

其他东西都在，鞋子、除皱霜、圆点小内裤，但就是找不到最重要的那个包。

该死，我咕哝了一句，我真是太傻了……我三步并作两步地赶回去，嘴里一边把自己骂了个够。

6

　　我突然汗如雨下……冰冷的汗水，细密的汗滴沿着脊柱滚下来……我的双腿……没有一丝力气……它们战栗着，努力往不断下陷的地面上攀登……

　　然而我仍旧思考着，我服从着理智的调度。

　　我没走人行横道，穿过滚滚车流，服从着理智的调度。我对自己说：来吧，就是几分钟前的事情，就是几步远的地方。它一定还在那儿。服务生一定见到它了，他把为数不少的小费收入囊中，顺手也把包一起收起来，他会把它放在一边，两分钟后物归原主，一边还抬眼望着天空：啊，这些姑娘啊……

　　冷静点，我的孩子，冷静点。

　　我差点就被车流撞到，我一点都冷静不下来。

　　我坐过的凳子还有一点余温，我坐过的痕迹还清晰可辨，我留下的钞票乖乖地躺在桌上，而我的包却不见了。

7

　　服务生一点都不明白。老板也一点都不明白。不，他们什么都没拿，但是，好啦，一想到这个街区的属性，也就没什么好吃惊的了。就在上周的时候，还有人偷拿走店里的肥皂架。没错，您没有听错：肥皂架。难以置信，不是吗？有人把肥皂架的螺丝都卸下来了。这个世界什么样的人都有。不用说咖啡馆外空地上的植物盆栽，每天晚上都必须把它们锁起来。嗨！餐具？您知道每年我们有多少餐具被人顺手牵羊吗？当然了。请您说个数目猜猜。

　　当然，我才不听他们倒苦水式的抱怨。这关我什么事。我是彻底地吓坏了，如果他们没有看到有人在我之后离开咖啡馆，那么就是说小偷还在咖啡馆里。

　　我在咖啡馆内绕了一圈，分区搜索，细看长凳、椅子、别人的膝盖、桌子底下还有挂衣杆。我推搡到别人，我说对不起，我收起眼泪，我走进洗手间，女士洗手间、男士洗手间、禁止入内的地方，我闯入后厨，提出问题，推搡想要堵住我去路的人。我恳求、承诺、咬牙切齿、指天发誓、微笑、打趣、详细描述、寻觅、放大、监控入口，最终不得不让步：视线以内既没有包也没有嫌疑犯。

　　有人对我说了谎。要不就是我丧失了理智。

　　这有可能。我想，这事儿发生过一回。我不再思考，我只是机械地回想：我是在去取车的路上弄丢了它？是包带因为我取笑它像童子军用的样子，就自己断了来惩罚我？是一个小偷老手在香榭丽舍大街上偷了我的包？是在我下午出门的时候？还是这周前几天我在家休息的时候？

　　我沮丧极了，精疲力竭地走出咖啡馆，耳边传来他们漫不经心的安慰：

　　"真是抱歉，我的小姐。不管怎么说，您留个电话号码给我们吧。您别忘了留意一下街区的垃圾桶。您知道的，他们想要的只有钱，至于其余的东西，他们会立刻丢掉的。在报案前您不妨再等一等，就算是证件，在今天也价值不菲。总之，我想对您说，这两年来香榭丽舍大街上到处都是这些罗姆人①，所以发生今天这事儿也没什么好惊讶的。"

---

① 　即吉普赛人。起源于印度北部，散居全世界的流浪民族。——编者注

好吧……振作起来。

一离开咖啡馆，我便放声大哭起来。

为我自己。为我的愚蠢。为这些挂在我胳膊上的荒谬的袋子，所有这些我不需要、我不在乎、把我塞得满满当当的东西……

我的护身符、乱七八糟的小玩意儿、我的照片……还有我的手机、我那漂亮的化妆包、我的钥匙、我的地址、写在钥匙上的地址、要换的锁、远在天边的同屋，她们对这类疏忽一向不太能理解……我的信用卡、我心爱的零钱包、我的钱、她们的钱……对哦，还有她们的钱，该死！整整一万欧元！明天早晨需要付给另一个家伙的一万欧元！人怎么可以这么蠢？啊，这一次，就是为了在电话里和玛丽昂闲扯，好极了，有人把重要的东西托付给我，我就忘了别人。

我会怎么做？我该怎么做？我管自己叫什么？为什么我的心情如此沉重？为什么？这事儿该如何收场？塞纳河在哪儿？妈妈。圣母玛利亚。我的上帝。请帮帮我。

我的上帝，帮帮我。我的上帝，我向您保证。耶稣、玛利亚、约瑟夫，尽管我看起来不像会信教，但事实上，我时常想到你们，你们知道的……一万欧元，该死！我脑袋里究竟在想些什么？做人怎么能如此愚蠢？哦……圣安东尼……帕多瓦的圣安东尼，请疏通所有通道吧……可怜可怜我……我的电话、我的信息、我的通讯录、我的回忆、我的生活、我的朋友……还有我现在的自行车……我那上了锁、像傻瓜一样看

着我的自行车，它也会被偷走的，它也不能幸免！我甚至连打车的钱都
没有……更不用提我欠那两位罗斯福小姐的部分……我的上帝，我的信
用卡、我的密码、挂失号码、我的朋友、我的电影年卡、路易松刚会走
路的视频、我的迪奥睫毛膏、我的香奈儿唇膏、我的记事本、办公室钥
匙、我和费鲁在普朗科厄拍的U盘大头贴……我钟爱的笔记本，还有里
面记录的点滴回忆……我的指甲刀……那一万欧元……还有……哦……

　　我大哭起来。

　　泪流满面。

　　痛哭流涕。

　　某些时候，某些眼泪能引出别的东西。我痛哭一场。我把什么都哭
了出来。我不喜欢自己身上的地方，我至今干过又不愿承认的蠢事，还
有自从我明白有些东西一旦失去就是永远后，我所失去的一切。

　　我从星形广场一路哭回克利希广场。

　　我的眼泪洒满巴黎。我的眼泪洒满一生。

8

门房那里有个备用钥匙。我应该好好拥吻她一番。我甚至不辞辛苦抚摸了她的小狗。我找到固定电话，挂失了信用卡，在"工程"文件一栏翻找，给卡瓦略先生留了个言，争取时间。打他电话自动转去语音信箱，真是我不幸之中的万幸。我甚至怀疑他能从我语焉不详的留言里发现蛛丝马迹。算了，这都不重要，现在没人联系得上我。我把自己反锁在屋内，我给玛丽昂写了一封语气绝望的邮件，我洗了个澡，在女性用品里翻找一通，找到那两姐妹的安眠药。我浑身瘫软，拉过羽绒被盖上，闭上双眼，向自己重复着斯嘉丽·奥哈拉①那句虚假的名言：明天又是崭新的一天。

瞧你说的，可怜的小家伙，瞧你说的……

_____

① 小说《飘》中的女主人公。——编者注

明天只会更糟糕……

我想去死。我知道，这傻透了，这不是我们用两片安眠药就能祈求得来的奇迹，但是好吧，这是我那个晚上想要的：我想要我妈妈坐在床头一边轻声为我哼唱歌曲，一边抚摸我直到永远。

我低声为自己哼唱着歌，我得阻止自己敲打自己。等我哭干储蓄的眼泪，就起身去找一两瓶酒，酝酿新的泪水。

❈　❈　❈

　　之前我费了好大劲儿才从我姐夫那里借来三千欧元填补窟窿，我知道自己应该很难再向他借到十欧元……

　　我早已受够了他那些关于松鼠、蝉还有蚂蚁的说教。倒不是说他不好，不是的，但是也没有比听他说教更难受的事儿了。他有点居高临下。有点家长做派。

　　我讨厌有人把我当小丫头来对待。我母亲在我十七岁的时候已经过世，阿蒂尔·兰波①和他的啤酒杯还有美酒让我沉醉。在这个该死的年龄，我们可以变得很严肃。关键是，别让人看出来。我们继续上路，囊空如洗，我们买下成堆的傻玩意儿，自我奖励，我们抓住自己最珍贵的

_____

① 十九世纪末法国著名象征派诗人，桀骜不驯，特立独行，崇尚自由，厌恶一切陈腐的思想。——编者注

东西。好了，就是这样，有点忧伤，但我们知道，我们会像摆脱别的事情一样摆脱它。反过来布道说教，这对我们来说再也行不通。那些自以为懂得一切、要向我们解释生活的人，我们要把他们连根烧光。

我在黑暗里靠着壁炉门，坐在地上，我要让哥顿牌酒先生和斯米诺伏特加女士赐予我宁静，抚慰我的忧伤。我不会让自己胡言乱语，在死亡的紧要关头，我该咬紧牙关（我还有选择吗？），我丢失的包，它里面装的所有物品，加上它们包含的联系、见证、回忆以及种种无可替代的温柔小物件，让我最后为它们哭泣起来。

我大笑着，我走动着，我放声大笑着。我口中吐出随机散落的词语。这是硝化甘油的苦痛……硝化……硝……我……该……这是……我的堤坝……

这是所有冒出的话。

所有。

所有。

所有。

9

我醒来的时候是下午一点三十八分，口干舌燥，头昏脑涨。不愧是我收藏中最好的酒。

我蜷缩着身体躺在厨房地上，视线顺着地砖的交叉线，数着躲在家具底下的灰尘团絮。瞧啊，我对自己说，我们以为早已和削皮器一起扔了的小刀，它在那儿呢……

我这个样子躺了多长时间了？几小时了。几小时和几小时。阳光已经晒进厅里。晒进我们那漂亮的客厅，那还没交付尾款的客厅。

呼……再多等一分钟，混乱女士……再多等一两分钟，鼻子伸进垃圾桶，我向您保证，然后我就去警察局。我会通知我那亲爱的同屋，我会打电话给我英俊的姐夫。我会对他说：嘿，我要告诉你一件非常有趣的事儿，我的姐夫！我还要一万欧元！来吧，对我好一点，就是这

样……我会继续为你写上一百五十年的愚蠢网评，好偿还我欠你的。总
而言之，我只擅长这一件事，所以……什么人都可以做，什么话都可
以说。

　　我坐在瓦伦站附近的马尔夫斯基花园。我母亲在向我解释说，为什
么不能采摘蜷缩在椴树脚下的小朵白仙客来：

　　这样它们才能再次播种长大，你明白吗？

　　这话她已经对我说过上百遍，可我还是那么感动，一点都不敢打断
她。之后我们听到远处传来嘈杂的巨响。是打雷了吗？她焦虑地问道，
不，我笑着回答她说，不，是工地传来的声音，你知道这会儿他们正在
把公寓里原有的装修都拆了呢，于是她对我说……

　　有人在捶打大门。该死，现在究竟几点了？门铃声、喊叫声、该死
的嘈杂声。噢噢噢，我的脑袋……我站起身，有个……东西贴在我脸颊
上……一片面包……下午六点四十四分……该死，我在水槽底下睡了一
整天……好疼……该死的水管。

　　"快开门，不然我就打电话叫消防队来了！"一个声音大喊着。

　　是门房。她听起来有些上气不接下气。这是她第三次上楼来。她从
早上开始就试着叫醒我。我那两位同屋联系不上我，便缠着她要她来
找我。

　　"因为我向她们保证您在家，所以说，她们很担心，您明白吗？我

们以为您遇到意外了。哦，我的上帝……我们担心坏了！您让我们担心坏了！"

是我父亲给她们打的电话。我已经有好多年没和父亲说过话了，但在我的手机通讯录里仍然保留着"爸爸"的电话，也许是因为纯粹的软弱以及/或者残存的亲情……斯塔罗维克夫人意识到我当下尚未清醒，对她说的话毫无反应，她只得抓住我的手臂，微微用力摇晃我的身体：

"您的包有人捡到啦……"

她眨了眨眼睛，放开了我。

"怎么了？您为什么哭了？没必要为了这样的事情哭泣啊。生活中的一切都会好起来的！"

我哭得厉害，没法向她具体说明原因。我试着站稳身体，让她放心，但我看得很清楚，在她眼里我只是个发了疯的怪人。我一脸鼻涕地冲她微笑，就在这个时候，我听到在我那疼成碎片的脏兮兮的脑瓜里，有个微弱的声音在说：哦，谢谢……谢谢，妈妈。

10

我给远在天边的两姐妹打了个电话。运气不错，是波利娜接的，不然"苏瓦松之瓶"式的一顿指责肯定躲不了。也就是说，还算过得去的寒暄、痛苦的叹息、干巴巴的简短句子，还有牙缝里挤出的一言半语。她把我想说的话全都堵了回去，最后为了避免把她惹毛，我只能编一大套假话把她骗过去（我知道，我知道，我并非特别擅长于此，这是我的工作）。所以我以慵懒的声调向她挑明，她和我说话的时候不用把我当傻瓜，她们的信封不在我包里，但她们的钱安全妥帖。停止歇斯底里。到此为止。

哈哈哈哈哈……这话突然让她放松下来，我的小丫头……她的嗓音拔高了十度，她向我做的解释也一下子清晰起来。当然，我耐心听着她想对我传递的重要信息，但是就在这一刻我明白了我们那枯燥乏味的合租生涯就此结束，明白了我将尽快离开堂雷蒙街。生命短暂，与其与对我生活指手画脚的人生活在一起，还不如自我放逐，远离城市（啊啊啊啊啊）。

我才不管所谓的伦理道德还有道德家们。我呸。一旦激情把他们点燃，他们乏味的说教、他们的警告，还有他们高贵的怒火，通通化为揉皱的钞票。

好了……呃……这是一句慷慨华美、只有戴黑纱的托托尔·雨果①才写得出的漂亮句子，但是在我可怜的脑袋听来，它却空洞无物：一万欧元渺然无踪，而我也早过了相信圣诞老人的年纪。就算我手机通讯录里还找得到"爸爸"的号码，但它对我来说已没有任何意义。

呃，不……

一切都会好起来，但是从这个角度看，所谓生活美好，仍有风险。

我究竟该上哪儿去找这笔该死的钱？噢，又是一次绞肉机模式。除此之外，一切都还行。但就是这点，真金白银，一文都不能少。

真金白银，不会死在医院的病房里。

唯一的问题，是给我爸爸打电话的那家伙——也是老头子打电话给我那两个聒噪的同屋——他说这个长周末（周一也放假）他不在巴黎，他约我下周二下午五点左右在我丢包的咖啡馆见面。

首先，我觉得这人一定很傲慢，他本可以把包直接交给咖啡馆老板的，随后我想到也许是看到包里的钞票，这让他不愿冒险。不管怎么说，信封是开口的……我又开始……可怜的我啊，我又开始相信圣诞老人了……

接着我去玛丽昂家透透气，我们一同庆祝了我的重生。

名正言顺的重生。

① 维克多·雨果的昵称。——译者注

11

接下来的三天过得相当古怪。两位同屋出门度假（没错，她们已经二十八岁，却总是习惯一起减少工作时间，去和她们的父母还有胖猫"挠挠"过），我的一人时光一直延续到周二晚上。

我在屋里打转。我在等待着。等待某个人、某件事物、一种慰藉、一点失望。

等待一段故事。

我把平时不会干的一堆事揽上身：整理房间、做家务、收信、熨衣服。我分类整理衣服、文件、书籍还有CD，中途停下来顺便翻看其中的一些。我没有开电脑。只是想让双手忙碌，无暇胡思乱想。我翻出自己的课程笔记还有备忘录，又让一组在贡比涅汽车博物馆画的速写重见天日。

好像是一个世纪之前的事情，那是一个晴朗的秋日……画面上温柔的浅色笔触让我恍惚间如昔日重来。

我心想为什么要任由自己堕落。写旅行挂车的论文，也没有那么糟糕，再说还不用因为在艺术早已刻画过的种种蠢事上再添一笔而惭愧不已。为什么我要在广场上卖溜溜球？为什么我要管自己叫酷比-小天使，还加上一大堆可笑的表情符号？

为什么我不再去参观阿珀尔多伦罗宫①的马厩，不再去欣赏威廉明娜女王马车车辕上的珍贵水彩盒，还有她葬礼上用的白色四轮马车？嗯？为什么？

我开始学习没有电话、没有短信、没有消息、没有留言的生活。

再也不用这要回答是或者不是的小玩意儿……

我开始学习担负日常的倦怠，并从中找到某种乐趣。什么时候轮到果酱还有刺绣绷子？我心不在焉，我天马行空，我想到了这个……这个带着我的包去周末度假的男人。我心里盘算着他的年龄，猜测着他是否谨慎、有教养、有趣，我猜想他在拨通我父亲的电话前是不是还试过别的号码，滑动手机屏幕的时候他是不是翻看过我的照片、我的记事本，他是不是看过我的证件照片，我驾驶证上的光头照（能服丧的时候就服丧），还有我的UGC②电影卡，上面的照片看起来活像马上要去马德莱娜

① 曾是荷兰统治者和皇家最爱的夏宫，因布局精巧而被称为"迷你凡尔赛宫"。——编者注
② 法国影片总公司。——编者注

大教堂领圣体的模样，要是他翻出我的Hello Kitty安全套、我的眼霜、我的四叶草、我的秘密……

正在我想他的这个工夫，他会不会已经把我所有的一切细细解剖，包括那一万欧元的钞票？他是不是已经数过？他会不会要我为他的拾金不昧付上一笔服务费？他会不会做出大吃一惊的样子？啊？您是说，里面有个信封？我不清楚，我什么都没碰……是的，对这种情况我早已有所准备，因为要是他在我一离开咖啡馆的时候就发现了我的包，那他为什么不直接去街上追上我？我走得并不快。我喝了两杯鸡尾酒，生活就在我眼前……

为什么？

因为他行动缓慢？漫不经心？性格古怪？首先他那时候坐在哪里？为什么我没有注意到他，我在过着浪荡生活的时候不是最爱打量这个世界的吗？

复活节期间平静而又兴奋的一个长周末，我在一所自己非常喜欢、但又不想再住下去的公寓里给自己放了个假。几小时的宁静与和解，让无动于衷的我暂时远离某个令我焦虑的约会。

这是好多年来我第一次梦见自己的母亲，我看到她没戴帽子，我听见她的声音。这份礼物绝对值得花费一万欧元，绝对值得我为它流泪，要是我能知道，我一定会更早一些去取我的包的……

12

当然，退一步来看，我本可以从……就是说，周二下午一点开始，我就可以和自己较较劲儿，当然了。

我本可以寻思，身为温柔的天真姑娘，为什么我要花费那么多时间梳妆打扮。为什么我要去死皮、涂乳霜、脱毛、精心装扮，为什么我要换裙子，接着又换裤子，接着再换裙子，为什么那一天我要皮肤光洁、唇如樱桃。

这是真的，这事儿，玛蒂尔德。为什么我要如此?

苛刻。尖酸的苛刻。我打扮得漂亮只是因为我高兴，我高兴是因为我感到幸福。至于我的守护天使是个男人（据我所知，波利娜管他叫一个"家伙"，"一个家伙在你去过的咖啡馆捡到了你的包"），这一点根本不重要。要是有人告诉我是个老太太或者小孩儿捡到我的包，我也会同样认真准备。我穿着清凉，步伐轻快地穿过城市，并不是为了向他致意，我要向生活致意。

生活与生活里的善意，如此罕见。

生活、春天还有我的失而复得。我心怀感恩，容光焕发。

玛蒂尔德……

好了，没问题。我打扮漂亮，也是因为这是个约会。电话约会，令人感兴趣的约会，当然也是意料之外的约会。

从天而降的一个约会，对象还是个可以交往的男人，在巴黎的一个约会，出于谨慎的原因，约在拿破仑一世的巨大雕像旁，时间是喝下午茶的时候。

我打扮漂亮是因为这总比蜜糖交友网站靠谱，该死！

现在，您什么都知道了，医生……

我在蒙梭公园附近买了束鲜花。

我把花放入车筐，加快车速，补上耽搁的时间。

一束粉色的牡丹，送给点燃我希望之火的陌生人。

13

好了，好了，好了……姑且相信那个电话，通过最具偶然因素且最不可信的人间传输通道，我听到那个家伙，他没有说"五点见"，而是说"五点左右见"。现在五点半已经过了，花朵开始发蔫，我努力试着回忆起一切。

我没有看到咖啡馆任何一个服务生，我忍不住认真盘算起来：没人会来，我被捉弄了，阴险的一招，坏人的报复或者是我父亲对我新的羞辱。又或者是来自灰姑娘那两位姐姐的第一波报复。

有人在拿我寻开心。有人因我如此轻浮而又如此轻信而惩罚我。这一切又是一个陷阱。有人破坏了我的奶罐和西班牙城堡。有人在我的页面上留下一个差评。有人在破坏我的网站还有论坛。一个愚蠢的精灵偷走了我的包、我的证件、我的回忆、我同屋的钱还有我最后的一点幻想。或者他……我试着冷静下来：也许他只是单纯地迟到了？或者我们弄错了对方的意思，约会不是在周二，而是在周三。或者是下周的周二？

　　然而我和那天一样坐在同一个座位上，我乖乖地坐着。开始的时候，尽量表现得自然，装作一副看小说看入迷的样子，就等有个来得不巧的家伙尴尬地咳嗽一声"嗯，嗯……"，把全神贯注的我拉回现实世界。但事实上我那套睡美人式的设想完全不成立，我根本坐不住，眼睛绝望地盯着入口，样子特别逊特别糟糕，这真是太悲伤了。

　　每次一有人影闪过，我便惊跳起来，看到来人没有认出我，我又失望地叹了口气。又过了一刻钟，我试着给波利娜打了电话。我是不会给我父亲打的。给我父亲打，我宁可张着嘴死去。

　　一个比别人更用心的服务生终于注意到我的圣居依之舞。

　　"您在找洗手间？"

　　"不……不是的，"我结结巴巴地回答道，"我有个约会……呃……总之，我在等人……"

　　"那个包，是吗？"

　　我好想给他一个大大的吻，这个大个子的笃笃士①。他大概有些猜到了我的心思，他的神情有些尴尬。

―――――――――

① 法国漫画家卡布（Cabu）笔下的漫画人物形象。——译者注

"那个……那个他还没走吧，对吧？"

他靠着我左边的柱子，身子前倾，冲另一边被遮住的一张长凳喊道：

"嘿，罗密欧……快醒醒，你的女朋友来啦。"

我慢慢地转过身。我并没有惊慌失措，只是觉得异常尴尬。我一想到他在离我那么近的地方待了那么久，心里甚至觉得有些受到羞辱。

上一次，他应该也是坐在相同的位置，蜷缩着身体，埋伏在黑暗里……呃……这是……总之，这么干可不太光明正大，就是这样……有教养的人才不会在女士面前躲起来，年轻人。

我慢慢地转过身，因为我突然想到他之前可能听到或是应该听到的事情。我和我同屋的约会、她"小心谨慎"的信封、她的焦虑、我吹牛的方式、我向同屋信誓旦旦保证的样子，还有我在电话里向玛丽昂模仿同屋表情的两分钟后又是如何把事情搞砸的。还有……哦……噢……电话……所有这些勾搭、上床的故事……还有……还有我的小内裤……还有我的摇滚艳遇……哦……救命。

我咬紧牙关，慢慢转过身。我用目光搜索着地上的老鼠洞，想在他完全清醒之前躲进去。

可是他一直在睡觉。最后，不，他没有在睡，因为他冲我微笑了。

他紧闭双眼，冲我微笑。好像一只猫。好像一只因为诡计得逞而扬扬得意的胖公猫。

　　玛蒂尔德的柴郡猫①在该死之地。

　　"您瞧……他就在那儿不远……好吧，嗯，我就陪您到这儿，如何？"服务生说完就闪了。

　　糟糕。

①　英国作家刘易斯·卡罗尔（Lewis Carroll，1832—1898 年）创作的童话《爱丽丝漫游奇境记（*Alice's Adventure in Wonderland*）》中的虚构角色，形象是一只咧着嘴笑的猫，拥有能凭空出现或消失的能力，甚至在它消失以后，它的笑容还挂在半空中。——编者注

14

    仿佛永远不会结束的几秒钟过去了，但我也有时间好好打量他一番：该死！他又迟到了，他很丑，他很胖，他头发乱糟糟，他穿得像只鹦鹉，他来之前匆匆刮了胡子还划破两个口子，他咬指甲，他体味难闻，我没有看到我的包，他终于睁开了眼睛。

    他用一种相当古怪的方式望着我。好像他打算和我较劲儿，或是暗暗向我发起挑战。他摸了摸眼皮，抹下一根睫毛，他又把眼睛闭上了。

    悲剧，我心想，他不但样子丑，而且还喝醉了。或者就是他刚刚抽过烟。是的，是这样的，他的血液里有股牙买加味儿，这个蠢蛋……

    我轻轻弯下腰，想看看我的包是不是在他脚下。要真是这样，我就一把把包抢过来，转身就撤，留他一人慢慢享受烟草的乐趣。唉，没有，他脚下除了一双破军鞋，什么都没有。某种圆头黑鞋，宪兵款背包，还有白底条纹的网球袜。

哦，我的姑娘……

你怎么会沦落到这个地步？

好了，我不打算继续待在那儿，望着他睡觉，数着他身上的伤口。我转过身，拿起等人时看的书……我之前说了什么？"意料之外"？"从天而降"？请让我回想起他好的一面。

十分钟过去，我一步未动。

我呆住了。我在这里干什么？我究竟在等谁？谁这么不给我面子？

我放下幻想，拿起花束，打算走了。

"玛蒂尔德？"

接着他又小心翼翼地问道：

"玛蒂尔德，艾梅，勒内，弗朗索瓦斯？"

我竖起一只耳朵，挑起一边的眉毛。

"姑娘们，我请你们喝东西！"

运气真好，一个幽默的人。

好了，至少现在他手上拿着我的证件，至少如此。

正当我犹豫是否要回去找他时，他拉开外套拉链，我看到我的包就挂在他胸前。他没有走远，把双手平放在桌上，看了看它们，接着抬起下巴，径直望向我的眼睛：

"抱歉……我起得太早了。您来了？"

15

我坐在他面前。

我问他：

"周五您也在这儿？"

"是的。"

"您刚刚在睡觉？"

"没有。"

"我把您吵醒了？"

"这些花是送给我的吗？谢谢！"

他接过我的花，顺手把包递给了我。

包上留着他微热的体温。我把它紧紧抱住……生命又回来了。

凭借直觉，从包的重量，从他的丑样子，从他的微笑，从他右眼眶下看起来像个棕色逗号的伤口，从他说的冷笑话，还有他用宽大的手掌礼貌地挡住哈欠的时候，我便知道他什么都没有偷拿。我心里一边这样想，一边意识到一直以来让我心心念念的并不是那个信封。我在意的别有他物。我心心念念的是我自己。是我深邃的天性，是我对人类的信任。是在这个依然柔软、应该警醒，但我尚未改变的年龄，我迎面所受的所有打击……

　　"您想喝点什么？"
　　他帮我点了喝的，我们再次面面相觑。
　　"罗密欧是您的真名？"
　　"不是。"
　　"啊？"
　　"我叫让-巴蒂斯特。"
　　"啊……"
　　"您失望了？"
　　"呃……没有。"
　　一场特别的修辞竞赛。

　　我回想着自己知道的所有圣让-巴蒂斯特油画，或者应该说他那搁在银托盘上的脑袋，我又瞧了瞧他。现在他就差鼻孔里再插点香芹了。
　　我暗中扑哧笑出声来，重拾勇气，这倒也不算太早。之前被这么一个相貌平平的男生弄得如此心烦意乱，我心里怪气恼的。

"能找回您的包，您就那么开心？"

"是的。"我笑了。

我们点的饮料来了，我的是一杯茶（我最爱的饮品），他的是双份意式浓缩咖啡，他往里面加了两三个糖块，认真地搅拌了一下。或者也可能是四块。

"您需要提神？"

"是的。"

我们安静地喝着饮料。

他望着我。

他让人尴尬地直愣愣地望着我。

"我让您想起某个人吗？"

"是的。"

好吧……

哎呀……我们的交易太吃力了……我根本不想和他交谈。我浑身不适，我感觉他在用心地研究我，这种过度的专注让他看起来像个傻瓜，以至于让我不禁怀疑他是否有点太肤浅了。他的嘴唇微微半开着，我等着他口水滴落的那颓废时刻。

上帝知道我什么话题都试过了：这里的空气不错，巴黎可真大，游客人山人海，鸽子老是偷吃……总之就是这类强大的万能话题，但他就是不听我说话。他陷入心满意足的心醉神迷之中，我感觉自己仿佛置身于卢尔德岩洞的圣母玛利亚和玫瑰经^①。

瞧，真值得为此特意穿上新买的内衣……

我不知道究竟是什么让他从昏沉中清醒过来，但是到了某个时刻，他突然抖了抖身体，看了看手表，摸索自己的钱包：

"我该走了。"

我什么都没回答。我松了口气。接着我忙不迭地想确认他有没有欺骗我。我爱人类，但是我总是有些不信任他们。他应该是读懂了我的想法，因为他看我的方式忽然变了，他看我的眼神里带上了……带上了一种轻蔑。

"你看到这只小箱子了吗？"

不，我没有看到它，但事实上一只浅色的木行李箱正放在他的右腿边。

"看……"

他把一条连住箱子提手和裤腿的链子指给我看。

"箱子里的东西可能没有你包里的那么值钱，但是，好吧……对我来说，那可是几个月的薪水……"

---

① 卢尔德位于法国西南部的比利牛斯山区。1858 年，少女贝娜黛特在山洞中看到圣母显现，这件事让原本宁静的小镇成为法国最大的朝圣之地。——编者注

他停了下来。我想他应该是忘了自己想说什么，我想说个笑话活跃一下气氛，但他拍了拍箱子，紧接着低声补充道：

"你知道，玛蒂尔德……如果在生活中你真的很重视某样东西，那就不要把它弄丢。"

哦，但……但我究竟在街上遇到了什么人？一个宗教幻想狂？渔夫的儿子？装扮成乡下人的耶和华见证人，手提包还被蹩脚的末日论和祈祷文塞得满满当当？

当然，我迫切地想知道他小心翼翼护送的是什么东西，但这样应该会让他突然觉得自己变重要了……还有为什么他刚刚用"你"来称呼我？

"你猜这是什么？"

救命。现在该表演了。披风、配饰还有一切的一切。

"枕头？"

他没有被逗笑。或者应该说他根本没有在听我说话。他把自己的箱子放在桌上，打开密码锁，把箱子转向我，打开箱盖。

我承认，自己完全没有猜到。他合上箱子，站起身。

好吧……呃……该怎么说呢？这个身形胖硕、死气沉沉、词汇贫乏的人，带着一个满是小刀的箱子就这样漫游着。

事实上，他就是朗博，但我没有认出他。

现在，他已经站在吧台边埋单。

究竟是怎么回事……好吧，我也站起身，嗯。

真是好极了，我要先数数我的钱！

他帮我拉开门，用胳膊卡住门，让我从他伸直的手臂底下钻过。没用太久，半秒钟，四分之一秒，他假装被鞋带绊倒，失去平衡，踉踉跄跄地撞到我。差不多。差不多就是一瞬间。我还来不及抱怨，我们已经站在咖啡馆外。可是我从门后柱子上凸起的小装饰上感觉到他鼻尖留下的温度。

我急于离开那里，根本不想再向他抱怨什么。

哎呀。没必要在如此愚蠢的人身上浪费时间。就让他和他那些该死的小刀滚蛋吧。

回你的丛林里去吧，去吧……

但与此同时，我并不想给他留下一个坏印象。他也许永远都不会知道，但我欠他不少。

那么，行行好吧，全世界失败者的小圣母玛利亚，行行好吧。冲先生强颜欢笑。最后对他说句温柔的话，这要不了你的命。

"您的衣服……"我说，"有股特别的味道……"

"是鹿。它是鹿皮做的。"

"啊？啊，真的？我没见过鹿皮。好吧，呃，好吧，我……我想和您说再见，以及万分感谢。"

我向他伸过手去，可问题出现了，他没有伸手。

"其实，"他嗫嚅着说，"呃……我……我想再见到你……见到您。"

我放声大笑，想掩饰尴尬，然后对他说：

"听着，我不知道为什么，但我有种感觉你早就知道我的号码了……"

就在我说这些话的时候，我忽然意识到自己的笑声听起来有多假。

"呃……不是的。"他一边观察着我的手臂，一边咕哝着。

突然，他脸色苍白。

苍白、凝重、忧伤又无所适从。他好像一下子老了十岁。他抬起眼睛，我第一次感觉到他在看着我。

"我什么都有，当然，但是我……我现在没有了，因为我刚刚把所有东西都还给你……还给您了。"

呃……我心想他是不是打算对我老调重弹。他看起来很真诚，但老实说，他的样子有点真诚过了头，不是吗？

我的大脑开始飞快运转：哦，我没有记下你的号码。你瞧他太不正常了，这家伙。当然了，瞧啊。看看，看看他！看看他的样子。就像开膛手杰克的乡下外甥。而且，我不知道你注意到没有，他的手上缺一个手指。还有他还是个胖子。然后，好了，他是很正直的，我没有说不是，但他的样子真的糟透了，总而言之……这是个苦差事，你知道得清清楚楚。这已经是你的好几次了。来吧，你就欺骗自己吧，玛蒂尔德……但是如果……再看看最后一个数字……这不是第一次也不是最后一次。

不，但是不管怎么说……他品行不错……

你又知道什么，傻瓜？你甚至还没把你那该死的包打开看过！

也许，但与此同时，我现在手里正拿着它。我又不是正在警察局哭得昏天黑地。

我还是可以把电话号码给他的，然后永远不接电话……

如你所愿，老实说，你也在找它们，嗯？

千真万确，最近这段时间，我遭遇了一堆令人绝望的事儿。我不知道这是不是我和丘比特之间的一场宿怨，但我该留点什么给他呢，这个大胖子……好吧，算了，说句题外话，我可以有一个理由把自己的电话留给他，那就是我担心给他留的电话是我父亲的，下次万一有事他又会打给我父亲。

用不正常的方法和不正常的家伙打交道，我还是更愿意摆脱这家伙。

"我说……您可以先松开手吗？"

他用力抓住我的双手，他那发红的粗壮指关节把我的双手也攥得发红。

我在一张地铁票上写下自己的号码。

他久久地打量着那张票，仿佛想要确认号码是否有效。然后他把票塞进钱包的夹层，再放入外套的内袋里。他最后打量了我一下，摇了摇头，向着反方向走远了。

呼……

我在转身之前，又向前走了三步，刚刚的胡思乱想让我备感困惑。

"嘿……呃……让-巴蒂斯特！"

他转过身。

"谢谢！"

最后的一瞥、最后的微笑，这家伙的表情比别人更紧张。最后一次耸肩，表示"不客气""闭嘴"或是"快走"，然后他再一次转过身去。

我远远地打量着他，看着他那穿着鹿皮外套的背有点微驼，看着他一手提着箱子，一手拿着那束牡丹，看着他穿过弗里兰大街……我意乱神迷。

证据就是，我一直等到回到家，才打开自己的包，清点钞票。

16

东西没有少。我钱包里的东西也没有少。出于某个令我不快、我自己也莫名其妙的原因，我居然有些失望。

我套上牛仔裤，在那个该诅咒的信封里又放入我的五千欧元，然后把它放在厨房的餐桌上，走之前在便条上用大写字母写上："好了，现在别再用你们那愚蠢的装修工程来烦我。"

我那来自北方的同屋随时可能回来，我可没有力气再和她们周旋。还有玛丽昂。任何人。我没有力气和任何人周旋。

我感觉到自己还想大哭一场，于是我去电影院看了一场浪漫喜剧片。

第二幕

1

　　银幕上刚刚开始放片尾字幕，我便想自己应该不会再看一遍这片子，好了，既然现在已经是片尾，那也许我也不用再装腔作势瞎矫情了。我看了一眼手机，希望是他。

　　希望是他。战士让-巴蒂斯特。

　　当然，在那个时候，我一定会起誓否认，真的，随便说些什么，但如果我能够以真诚的态度回到那个不愿说实话的高个子姑娘身边，回到那个四月的夜晚，回到她一边在胸前裹紧旧外套已经磨损的衣摆，一边走在高兰古尔街上的时候，我要望着她，我会对您说——您可以禁止她外出，法院书记员女士：把她绊住的是晚上六点的那场电影。

他的面容让她停下盯着画面，还有电影的对白（难以忘怀的对白……），她在心里循环默念，还有她的糖块，她边数边在口袋里压碎一块塑料薄膜。

融化在黑暗中。切断。

然后呢？然后生活继续按照它原有的轨道前进。

人们总是习惯这样说，不，是在什么事都没有发生的时候这样说。

是在我们忘记自己的初心，是在我们放弃自己的自由之梦（为什么要在我的房间刚刚粉刷完毕的时候离开？），放弃自己伟大的梦想（为什么要在我的电脑黑手党事业如鱼得水的时候，重新开始艺术史的学业？），是在我们继续一杯接一杯地酗酒，摇摇晃晃地脱身，自导自演起浪漫主义的生活喜剧的时候。

脱光保尔的衣物，不过是为了替皮耶尔穿上，最终又是为了自己光溜溜地躺在雅克的怀里。

是的，人们总是习惯这样说。

青春……

这个候车室……

　　我那爱幻想的贪睡者形象会变成什么？插科打诨、奇闻逸事、晚餐时助兴的奇怪故事。我也算是小有成就，应该记下来……我每次为他切下一段指骨，我便为他添上一柄小刀。最后，这就是加尔各答麻风病医院版的《战争之王》。

　　开始的时候，我就想到了。他身上有某种东西还在困扰着我：那句不容拒绝的"您来吗"，从头到脚、扑面而来的小心谨慎，当他说再见时候那痛苦的神情，他也不需要这样深入地搜寻，他本可以一人就找到我的联系方式，还有当我再看到他的白色短袜时，我投身我姐夫的互联网事业时又有了新的灵感。

　　我那诚实的GPS说得对：前方死路、不通。

※ ※ ※

　　三次，在接下来的日子里，有人在半夜给我打了好几通电话，但都没有留下口信。第一次的时候，我以为是有人打错了，第二次的时候我开始怀疑，等到第三次，我基本已经可以确定就是他：我从他的沉默里认出了他。

　　虽然那时候是凌晨两点时分，我仍没有去睡，我试着回拨给他，但那是个固定电话，我只听到遥远的嘟嘟声。

　　从那时候开始，某种东西扰乱了我的生活。我放弃了自己不多的原则之一（如果我可以说的话，它既符合道德，又有助于"健康"），我睡觉的时候把开着的手机放在枕边。让电磁波见鬼去吧，让癌症见鬼去吧，让我的骄傲和休息时间见鬼去吧。我必须把这件事弄得明明白白。究竟是谁偷偷摸摸地想要联系我，又一次次让能够找到我的机会从手边白白溜走？是谁？如果真的是他，那又是为什么？他究竟想要我怎样？此时此刻，我还不了解这样做……我不知道……这样做可能带来的后果……除了打扰别人的睡眠外，还有插手他人私生活的更好的方式吗？

从这天开始，每个晚上我都把手机音量调到最大，然后和幽灵一同分享我的睡床。

我出门的次数变少了。是的，尽管我很不想承认这一点，尽管我有成千上万个现成的理由，惹得自己心里痒痒的，但是事实如此：我出门的次数变少了。十天了，或者应该说十个晚上了，就这样度过，我的睡眠很糟糕，我感到自己精疲力竭。我时不时地醒来，就想看看手机的来电显示灯有没有亮起，就想看看我的手机有没有被枕头压到。

我因此而讨厌他。我因此而讨厌自己。是的，我非常讨厌自己，讨厌自己变得如此脆弱。我是这样讨厌我们，以至于那个晚上，我还记得，我躺下的时候向自己保证这绝对是最后一次。这是他让我魂牵梦绕的最后机会。

就让他带着他的链子、小刀还有鬼鬼祟祟的电话去见鬼吧，反正我对这堆混账事是受够了。

电话、短信、屏幕、聊天室、邮件，我再也不想要这些想象的限制出现在我的电话卡上。

信息时代的爱情该承受的，我早已都承受了，我已经向这些胆怯、荒唐、想入非非的计划交付了我该给的那份，我已经受够了我该受的罪。

　　是的，我累了。甚至，更糟糕的是，我感到自己精疲力竭，我感到自己被掏空了，我感到自己时常陷入爱河，却从未真正爱过。现在，我要和真正的男人发展，我想要在真正的小伙子身边体验罗曼史。

　　可是麻烦的问题是，那个夜晚，他打电话来了。

2

　　他应该是比之前几次打电话来的时候都要早些，因为我那时正沉溺于第一次深度睡眠，一下子没有明白到底自己是在做梦，还是我在真实的生活中也伸长一条手臂，感觉到自己枕边的某个光滑的小东西的温度和硬度。

　　什么都没有发生。那是个梦。我昏昏沉沉地咕哝着：

　　"让-巴蒂斯特？"

　　"……"

　　"是您吗？"

　　"是的。"

　　"之前也是您吗？"

　　"……"

"为什么您要这样做？为什么您不说话？"

"……"

我握紧了拳头。太久了。真的是太久了。我等着他的回答，又再次睡去。

我不知道之后过了多久。到早晨的时候，我的手机来电记录显示我们昨晚的对话持续了两小时三十四分钟，但我想我应该是最后不小心挂了电话。有那么一会儿，我听到他说：

"我想请您吃饭。"

听到这里，我睁开了眼睛，我目瞪口呆，不知所措。

他的声音焦虑起来：

"您在听吗？"

"是的。"

"您知道的，我……我是个厨师。"

"……"

"……我想请你吃顿饭。"

啊，抱歉。我理解是我想请您整理一下。可……呃……我们刚刚说到哪里了？一个拘束、失眠、有点疯疯癫癫的厨师在午夜一刻给我打电话，就是要让我听听他的菜单……请快去睡吧，朋友们！请快去睡吧！一切都失控了！给您圣安娜的祝福！

"您想来吗？"

"就现在？！"

"不，"他的声音听起来高兴些了，"请您来之前至少还得有时间准备一下！"

"什么时候？"

"我回头告诉你。我得先安排好。你可以记个号码，然后明天夜里这个时候打给我好吗？"

好吧，你们瞧，这就像时刻表一样实用。

"请说。"

我从床头柜上随便抓了本书。半梦半醒之间，靠着手机屏幕的光线，我记下一串数字。之后的事情，我就不知道了。我又听到他叫了一两遍我的小名，但我不能确定那是他的声音，还是我昏沉之中听到的回声。

3

早晨的时候，我知道自己没有做梦，因为在迈克尔·康纳利①的《稻草人》——哦，真是讽刺啊——的封面上的确潦草地写着一个电话号码。

问题是，写的时候我根本没有清醒，现在我自己也认不出自己昨晚写的是什么。这是个7，还是3，还是1？还有这里，是一个2，还是3，还是5？

好吧，我都试试吧。

我的数学糟糕透了，我的排列组合更差，不过我早有心理准备，这个小小的解谜活动会让我清醒好一会儿。

还有一个问题是，我当然不能等到半夜才开始试拨那一串可能错误

---

① 美国著名侦探小说作家。——编者注

的电话号码。我会吵醒许多无辜的人，中途还有可能被他们痛骂一顿。所以我十点左右的时候便开始我的工作，这个决定对极了，因为两轮下来我仍然没有找到正确的号码。

回答我的声音越来越不耐烦，我开始迷失在自己做的排列组合之中。我不再记得自己已经试过的号码，只是不停地问是不是让-巴蒂斯特，不停地说"哦，对不起"，不停地道歉，不停地在法兰西岛所有固定电话是以0142或是0145开头的家庭里惹起骚乱……哦，该死，我放弃吧。

这工作让我头疼欲裂。他应该再打电话过来，他啊……

偏执的人，不达目的誓不罢休。

我真的非常火大，我那本超棒的侦探小说封面上满是涂涂改改的杠杠，我的手机已经快要打爆了。

我要出门。

我要出门和口才更好的失眠者兜兜风。

是真的！那个与世隔绝的家伙快把我逼疯了！就让他火烧屁股吧！就让他给自己中意的姑娘做饭吧！再说，我对美食没有一点兴趣！我从婴儿时期起就对法国大餐没兴趣！我啊，你给我块小面包，我就满足了！

啊，我真是坏透了……这个白痴，在他开火做饭之前，他就已经把我喂饱了……我的神经上包着烧烤锡纸，我焦躁不安。我必须挂掉电话，拔掉电话线，忘记所有这一切蠢事，用叉子把我的让诺叉起来。

是的，我该去跳祖克舞①，去喝酒，然后忘记他。

我踩着脚踏车，我踩着脚踏车，我踩着踩着就远离正道。

我质问星星。

我对它们说：

"为什么这些蠢事总是落在我身上，嗯？哦，嗨，那上边的老头子，我在和您说话呢！为什么您总是要让我来处理这种事情？该死，那是您的工作啊，浑蛋！好啦，好啦。您对我已经很不错了，我知道的。我的上帝……我的上帝，我祈求您：请放弃我吧。"

---

① 发源于巴西的一种舞蹈。——编者注

4

他再也没有打电话过来。

那个晚上没有，之后的几天也没有。

然而我由于忘了关掉那该死的手机，结果在接下来的几个晚上又过得可怜兮兮。我对他的推想又错了。他没有我想的那么外向。

或者他是比我想的更老道。或者是比我想的更缺乏动力。

简单地说，他可能就是在吊我的胃口，这个大胖子。

生活啊，我刚刚是怎么说的？"继续按照它原有的轨道前进"。

对了。

就是这样。

5

当然，我很快就恢复了。正如人们在外头会说的那样，我可是经历过更艰难的时刻的。现在是春天，是巴黎的春天，是科尔·波特①和埃拉·菲茨杰拉德②的春天。露台、承诺还有白天都持续得更久了，我精力充沛，身体健康，袖子里有其他的王牌，手袋里有不止一个棋子，我早把他抛在脑后。

认真地说，我已经忘了他。然后某个早晨，我清空了我的包。原因无他，只是我想换个包背背而已。我要去参加一个婚礼，必须得换个更洋气的。然而就在那一天，厨师的惊喜来了：他的冰激凌大餐还有马马虎虎的烤鸡。

我的厨师不出声地回来了……我发现他表情严肃地出现在冷餐会上。

热腾腾地站在我身前，热腾腾的。

---

① 美国著名音乐家。——编者注
② 美国歌手，被公认为二十世纪最重要的爵士乐歌手之一。——编者注

旁白

1

如果我有个不共戴天的仇敌，如果我想用最厉害、最痛苦、最持久、最残酷、花样最多的酷刑折磨她，那我就会把她送入某个作家的怀抱。我可以慢慢欣赏她陷入纯粹的爱情，我可以看着她一边饱受煎熬，一边漫不经心地翻阅一本非常非常破旧的体育画报……

这种不幸降临到我身上的时候，我刚刚满十九岁。十九岁……还是个孩子……而且还是个孤儿……哦，这也不错，我的宝贝。空巢跌落的雏鸟，忧郁的双眼大睁着，脑袋上的毛还未长齐。刚刚离开母亲温暖的身体……刚刚离开母亲温暖的身体，就遇到了小说……第一本小说……一本题材很棒的小说，该死的题材很棒，不是吗？

好了，我不说了。他成名已久。我为他带来好运，或者应该说我的情况为他带来好运，他不必有人替他宣传。他自己就能把一切处理得很好。有一天等我年事已高，也许会有人来向我提一两个问题，好在书的脚注上再补充一两条，但是现在的我更愿意保持沉默。

一片沉寂。

属于艺术家的沉寂。

留给迷思的位置。

然后还有最后一点……这个男生、这个男人、这个强盗在我的生命里经过，最后带给我唯一真实的影响，便是让我回想起并确认了几年前常年卧病的母亲临终时带给我的感悟，"杀不死你的东西会让你更强大"这话完全是句蠢话。杀不死你的东西，只是杀不死你，就这样，无他。

（这话说得很绕，很可能句子结构也有问题，我可以把它简化概括为一句：这个浑蛋狠狠打了我的脸。）

布瓦洛先生，现在是给我的时间。

❋　❋　❋

　　那是我的初恋。那不是我第一次和男生上床，但那是我第一次做爱，那是……好了，我既然已经说过自己不再说了，那我就得做到。我呢，我不是个作家。我无须亲手触摸过往，将情感装入试管，让自己经历中的最精华的结晶爆炸，让结晶碎裂成末，所以概括来说，玛蒂尔德，要概括。他巧妙地，或是无意间削减了你的自尊，根本不会对他有什么损害，我求你了。

　　好吧，好吧，在这种情况下，就简略点吧。（嘿，是的，我还是趁机从他那里学到了两三件事……）为了便于理解我们现在所讲的故事，就简单地说吧，这位可敬的人给我写了不计其数的书信——情书，对此我颇为得意，对情书的数量还有质量都很得意，我必须得承认这一点——最后直到我以为自己自由了的那个晚上，才把它们通通扔进了垃圾桶。

是的，最后我用一堆烟蒂、空酒瓶、咖啡渣还有脏兮兮的化妆棉淹没了它们。

哈利路亚。我终于成功地把它们都处理了。

除了一封信。

啊，是吗？为什么？

为什么留下这封信？

因为那是最后一封信。因为它比别的情书更属于我。因为我会不禁去想，我现在仍这样想，它是真诚的，尽管它并不真诚，这一点也根本不重要了。因为我是个诚实的姑娘，如果必须要在美和真之间取舍，我更愿意选择美。因为这究竟是艺术还是蠢事的问题，在我看来根本没有意义。因为它让我回想起曾有一个才华横溢的男生爱过我，我赠予他灵感，是的，无论如何，无论他怎么想，我就是有过这份幸运。

因为这封信写得很美。

因为那时候的我也很美。

因为它伴着我一同长大。因为它看着我慢慢长大。最普通的A4纸，但上面用黑墨水画满了小小的符号，它们一个接一个地被精心地安排组合着，让我感到时而尴尬，时而受宠，时而怀疑，时而肉麻。它是我愁肠百结的对象，也曾差点被我扔进垃圾桶，但最后一刻……我回心转意了。

回心转意。命中注定。颇为保守。守护着我。简简单单地守护着我生命里所珍视的小小圣殿，直到它被放入……

……我的包里。

出于谨慎的考虑，为了不让它落在我同屋或是别的什么人的手上。永远不能落在他们手上。

我把它藏在包的内袋里。整个包唯一有拉链的口袋。细心、谨慎、有意寻找的人也不容易发现。

它仍然在那里，只是已经不在原来的信封里，我可以肯定自己之前是用信封装着它，但现在是它包着原来的信封。它被折成长条形。正好露出我的名字还有当时的地址，显然是想告诉我，我想，告诉我已经有人读过它了，而我也有必要知道有人读过它……

（哦！该死的舌头！不！不是那里！不是现在！不要在我讲故事的关键时候！我笑出声来。我独自一人放声大笑，我在逗人发笑的必然规律面前屈服了。）

……我必须知道这件事，这很重要。

好了。下面的部分更加沉重，但还是轮到它了。

是的，你瞧，我请了个陌生人帮我写信封……我承认，这种伪装很拙劣，但是请不要把它退给我。不要把这封信退给我。它比我好得多，我向你保证。

如果你现在还不想看它，请等待一下。请等待两个月，等待两年，或者也许等待十年。等到你无所谓的时候。

十年，我很有信心。

等待必须该等的时间，但是如果有一天，请你拆开它。请求你拆开它。

几周来，我们最后的一次谈话，或者我应该说我们之间最后一次争执，至今仍在我脑海里挥之不去。你指责我自私、卑鄙、事不关己高高挂起。你指责我利用了你，是个不折不扣的吸血鬼，与其说我爱的是你，不如说我爱的只是能带给自己灵感的你。

你指责我说，我从来没有爱过你。

你觉得自己被背叛了。你冲我说你这辈子再也不会读一本书。你说，你有多恨语言本身，你就有多恨我，甚至更多，只要是人类仇恨可以达到的程度。你说，语言就是为我这种卑微的人服务的卑微的武器。你说，它们一文不值，它们没有任何意义，它们只是谎言。你说，它们会损害一切它们能接触到的事物，我让你这辈子永远讨厌语言。

现在，今晚，两个月或是两年之后，你将读到这封信，你会知道，我的爱人，你并不是永远对的。

　　你躺在我怀里的时候，总是习惯闭上眼睛，玛蒂尔德，就像躲进荔枝壳里一样。同样的彩虹色亮片、同样的玫瑰色，出人意料又令人揪心。你可爱的耳垂就像两个肥肥的鸡冠——小巧的瓷片，长时间地在你那些床伴不停吐出的唾液里文火炖煮，软化、嫩化、融化……它们的软骨纹饰形成一种媚态，仿佛封斋期的面食，仿佛乌头烹制的一道烩菜。

　　你的发根，你脖颈散发的气味，就在这片三角洲之上，就在这片隐秘的、毛茸茸的突破口之上，就在这个引人爱抚的漏斗之上，有一种真正的发酵面包心散发出的刺人苦味，而你的指甲，对于长期吸吮它们的人来说，仿佛夏末时节过早采摘的巴旦杏仁。

　　由你的锁骨形成的肩窝，沁出一种有些刺舌的微酸汁液，你肩膀微微隆起的肌肉是人类最好的慰藉：清新、细腻、融化了的梨形般丰满的肉体。

　　在皮具店半明半暗的微光中吸吮一个安茹嫩梨……

　　你放声大笑，细小的唾液泡沫在嘴角噼噼啪啪地爆裂，变幻成初次发酵的粉红葡萄酒的泪水。你的舌尖，我的爱人啊，有着石榴似的细小颗粒，仿佛林间蕈类苍白敏感的粗糙表皮。

　　就像那些躲躲藏藏、假正经的可爱女人，隐秘、怯生、令人狂乱，令人狂乱的甜蜜。

你的乳尖呢？两粒普罗旺斯蚕豆，第一批收获的蚕豆，人们在二月里将它采摘，只有按时采摘才能保留风味，外壳一点点被剥尽，它们躺在我的手心，线条呈现出琥珀色的、光滑的、令人愉悦的柔软态度，散发着早春黄油的香气。

只要稍微懂得让你香汗淋漓的方法，通往你的肚脐的山谷便能让人回忆起野果园里采摘而来的大紫李子的酸甜味道，幸福地唤醒被油腻蒙蔽的味觉。

你的臀部呈现出奶油圆面包的形状，你的腰窝，在我的想象里，不，在我的回忆里，总有一股金合欢花的甘甜味道。馥郁浓烈的香气沿着屁股浑圆的形状散发，一直延续到臀部和大腿交界处雕刻而成的精致浅窝。温柔香甜的光滑肉体组成圈套，紧紧束缚着猴急摸索的手指……

你的脚背有着麝香的味道，你的脚踝有着苦涩的味道，你的小腿有着水果的味道，你的膝盖有着咸咸的味道，你的大腿内侧有着矿物的味道。从你体内发出的味道，接着散发的味道，最后沁出的味道，还原了所有一切引领我来到这里的味道。那是所有味道的基底。你和宇宙的基底。

然而这种味道，你身体的味道，现代公主的味道，精致特别、镌刻在你身上的味道，我享用它，我沉溺其间无法自拔，好吧，只有语言才能让我快活。

唉，这些可怜的中介物其实根本不值得一提，是你让我回忆起一切。我想起它们的时候，它们其实一无所知，无所作为，毫无贡献，它们只是中介物罢了。

除了你的肌肤、你的秀发、你的指甲还有你的气味，你的精华、你的气质、你肚子上的汗液、你的果味、你的体液、你的精髓、信使、搬运工、你饥渴眩晕的暗探、你欲望共鸣的孩子，直到今夜仍让我一念及便口舌生津。

你的恋人，她是什么味道的？我会用独一无二的字母表上面的二十六个字母探问着。如果换作你来回答，你会怎么替我们安排它们的顺序？

燕窝。温润的无花果。过于成熟的杏子。在细密的蒙蒙细雨中吮食的小小覆盆子。

有时，在田间。有时，在退潮的沙地，那里流着月亮的鲜血和灵魂。或是鱼肚白。或是乳白色。阿佛洛狄忒[1]的初乳。

母乳和发情的野兽鼻涕的可怕混合。

发酵的面团。浓汤沸煮的肉片和嘴唇。带鱼骨的粉红色鱼肉。贝类

---

[1]　古希腊性爱与美貌女神。——编者注

的汁水。甲壳下渗透的汁液。海胆卵的浊液。钓钩钓上的小乌贼鱼的墨汁。康布雷产的薄荷糖。湿润舌尖的水果软糖块。精美的贝壳彩糖。枸橼。枸橼片。维……

哦，玛蒂尔德。

我放弃了。

我爱过你。

我比自己能够表达的更爱你，
我不懂得好好爱你。

2

　　我双手颤抖。某种事物，某种我也不知道究竟是什么的东西，混合着羞愧、谨慎、捅破秘密、失去新鲜感的余味，在我胸口升腾，堵着喉咙，让我反胃。

　　我不明白自己身上发生了什么。嘿，我心烦意乱，冷静下来，碎嘴姑娘，冷静下来。这没什么的，这什么都不是，只是一个吸吮着钢笔帽的知识分子的小小意淫罢了。

　　再说，拿到它的人甚至连肉类——屠宰专业的职业教育证书也读不懂……

　　无所谓了，我早已在水槽烧了这封信。

　　我战栗，流汗，恶心，一手捂着嘴，用尽全身力气，拨开排水口的纸灰。

　　我心急如焚，急急匆匆，一滴冷汗刺得我的脸颊生疼，我感到自己的妆容已经花了，最后一点女人味都消失殆尽。

　　我呕吐起来。

3

我用漂白剂清洗了水槽，接着打开水龙头冲洗，久久地，久久地，直到一切不快消失在巴黎下水道的深处。

"你还好吗？"

那是波利娜的声音。

我没有听见她进来的声音。显然让她担心的不是我的健康，而是我浪费的水费。

"你生病了？"

我转过身想让她放心，我心里明白她并不信我的话。

"哦，我的上帝……你这又是怎么了？你昨晚喝多了，是吧？"

我究竟有怎样的名声啊……

"啊，不是的！"我用食指胡乱拨弄着假睫毛，打肿脸充胖子，"宴会是在今天晚上！你看我打扮得多隆重……我要去参加我的朋友夏洛特的婚礼……"

这话一点没让她的眉头舒展。

"玛蒂尔德？"

"在。"

"我不能理解你过的生活……"

"我也不能！"我笑着用手指擤了擤鼻涕。

她耸了耸肩，向她最爱的烧水壶走去。

　　我觉得自己傻透了。她很少像这样对我感兴趣。我很想修复大家的关系。再说，我还想找人倾诉一番。

"你还记得……那个捡到我包的人吗……"

"那个有点神神道道的家伙？"

"是的。"

"你有他的消息了？他还在纠缠你吗？哦，该死，茶叶快喝完了……"

"没有。"

"我得告诉朱莉再买一些……"

"他是个厨师。"

她神情古怪地看着我。

"啊？啊，是吗？然后呢？你为什么要告诉我这些？"

"没什么……好了，我要走了，不然我就得迟到了。"

"你什么时候回来？"

"我不知道。"

她跟着我走到玄关。

"玛蒂尔德。"

"在。"

她替我整了整衣领。

"你很美……"

我恭顺地点了点头，冲她微笑了一下。

她以为我只是故作优雅的假客气，但事实上我却正和自己的泪水据理力争。

4

然后，没有了。然后，就是现在，我要说的都已说完。而且我想说的也都已说完。现在，即使肉眼看不见，我正蜷缩在生命的边缘，我等待着它的流逝。

"潜伏期的抑郁"，我不知道自己是从哪里学到这个假模假式的表达方法的，但我很愿意使用它。它完全吻合我的状态。我的意思是，潜伏的。好多年来，大家一直把我当作榜样，夸我努力、快活、有勇气，夸得我飘飘然。好吧，说得容易，这帮懦夫。说得太容易了。没错，我是试着保护你们，我也努力尽我所能坚持着，但是现在，我再也无法继续。

我累了。

因为这太做作了，我的朋友们……是的，所有的一切……所有的一切都太做作了……我知道，我的母亲随着自己的性子搞迷信，到处摆上十字架，特意想让我放心。我知道，她在电话里几小时几小时地大声和我外婆聊着各种好消息，这都只不过是诱惑小鸟的芦笛。我知道，她和外婆都在骗我。我知道，我父亲送她去医院化疗后，接着就去私会自己的妞头，我还知道，她也知道这件事。

我知道，他会在她冷静下来之前，逃离我们家。我知道，我最后会躲去我大姐家，我知道自己会剃光头发和眉毛，我知道自己会逃掉大学的升学考试，我知道自己还会替姐姐看孩子作为补偿。我知道，自己会扮演善良、无忧无虑、高雅的角色，是会跳上床的悠悠阿姨，擅长给波克蒙和贝拉·萨拉整理书桌。我知道，自己会留长头发，会追赶失去的时间，我大腿浑圆，嗓子尖细。我知道，自己亲手制造出寻欢作乐、水性杨花、没有定性的假象，好让别人为我贴上必要的标签，好让别人借此忘记我本来的模样。

我知道，我姐夫对给了我工作这事一直自鸣得意，在他眼里自己就是迈克·柯里昂①的化身，我知道家庭里的那回事既神圣又做作，但是如果还轮不到我来毒害他未来的小宝贝，也会另有他人替我教会他们。是的，我对这一切曾知道得清清楚楚，如果我什么都没有对你们说，那只是因为我的宽容大度。

———————

① 电影《教父1》《教父2》《教父3》中的美国黑手党柯里昂家族首领。——编者注

在这些过去的年份里，唯一令我感觉美好的事情，唯一我没有说谎的时候，是有个傻瓜用它写了一本书。所以，应该像大家说的那样，出于礼貌，也得高高兴兴的，可是今天，我不愿再彬彬有礼。

今天的我不再忍受，今天的我起身独立，今天的我切断束缚。

唉，可人无法和自己的天性较劲儿，所以，既然我是个好姑娘，我还是强迫自己坚持讲完这个故事吧。但是我要提醒你们：你们完全可以时不时地快进，你们不会错过什么的……

第三幕

1

　　一天，从前有一天，我把包忘在凯旋门旁的一家咖啡馆里。这个包里有一个没有封口的信封，里面装着一百张一百欧元的钞票。一百张刚刚从银行取出的绿色钞票。漂亮、挺括，就像崭新的硬币一样平整、干净。一个胖乎乎的小伙子捡到它，四天之后原封不动地把它还给了我。

　　这个包里还仔细地藏着一封信，里面对我的生活还有我的乳房立体、全方位地大谈特谈。好了，我想，这种事有可能发生……一封如此优雅的书信也许少见，但照片、视频、令人沉重的短信、不慎遗落的证据，以及令人不快、面目可憎的该死的图片，带有所有告密信那玩意儿的特色，显示着如今的我们费尽心力把自己武装起来的自恋和不慎，这应该挺让人伤感的，不是吗？

哦，当然了……这是在审判庭还有撕裂的心脏上撒盐……可为什么我回想起它的时候会觉得那么不自在？为什么我要突然摆出一副受惊的处女的模样？我到底在搞什么，希望一个我可能永远不会再见的家伙会对我有所幻想，嗯？是真的，我真的在这样想。我发出刺耳的尖叫，这太反常了。从什么时候起我开始变得如此敏感？该死，我本该早点意识到的！

一切都很反常。我是第一个反常的。

我嘴里含着两片胃药药片去参加了这个婚礼，我确信自己最后会把它搞砸。我现在很漂亮，也许的确如此，但是我的美貌很难维持。在这一点上，我对自己一直都很有信心。

2

我气喘吁吁地赶到婚礼现场，遵循着必须落下高跟鞋的铁律，扭伤脚踝，在二十区市政厅的台阶上结结实实地摔了一跤。

我疼得五官都皱了起来，于是冲一个和我一样盛装打扮、但明显更气定神闲的家伙问道：

"请问，您……呃……我想找婚礼场地，您……您知道在哪儿吗？"

他向我伸出手臂，等我重新穿上水晶鞋，友善地告诉我：

"你是问丈夫熔炉在哪儿？从这里走！我也要去那里！我的意思是我也是去参加婚礼的……扶着我，站不稳的年轻姑娘，现在的我们至少没那么引人注目了。"

　　宾果①，现在我已经找到自己的第二个同谋，很可能就是他在我早早丢了我的那双鞋之后，把我送上午夜的出租车的。

　　新婚夫妇后来再没有打电话给我，也没有对我的礼物表示感谢。我记不得自己当时的状态，更别提自己可能对其他宾客说的话，但是有一点可以肯定，我应该说了不合时宜的话。

_____

① 意思是猜中了。——编者注

3

然而，这是我最后一次喝醉。

这三个合乎道德的词看起来似乎轻飘飘的，没什么分量，它们一个接一个地出现：我——最后一次——喝醉，我对自己有信心。

我错了。

这不是个好兆头。

因为喝酒的人不过是出于绝望的礼貌才继续喝酒的，一旦戒酒，他们还有什么？

绝望。

这真令人困扰。绝望，这真令人困扰。尤其是对我这个这么多年来一直擅长把事情搞复杂的赌徒而言。

　　我无法分辨什么是真正的痛苦，什么只是同情而已，我是个彻头彻尾的懦夫，既不敢搬起心中的大石，也无法明白事物表象下蠢蠢欲动的真相。我任由自己停留在现象表面，不去探寻心情沮丧的真正原因。当然，我已经戒酒，但同时也不吃少睡。请单纯地有点同情心吧，请承认这会给生活带来许多麻烦。

　　如果换作另外一个更有勇气、病情更严重或是出手更大方的人，她应该会去看医生。也许还不至于直接去看心理科，但是至少她会去医生那里。一个好的家庭医生。好吧，总之去她住的街区随便哪个全科医生那里，也不用谈细节，只需要径直告诉他：您好，医生，我一切都好，是的，一切都非常非常好，我向您保证，但是请您理解我，我必须得睡觉。我必须得能睡着哪怕一小会儿，不然我站着就会倒下。哦！胃口啊，这不重要！我有小圆面包那样的屁股蛋儿，您知道的！再说，请看……我每天差不多要抽两包万宝路，我有办法维持生命呢。但是到了晚上……晚上，彻夜，彻夜，彻夜睡不着，长此以往，一定会因此而死的，不是吗？

　　以上便是我反复思量的成果。这个故事刚刚开始，我大半夜地从星形广场一路溜达到蒙马特尔墓地，在口袋里反复打磨这个关于一无所获的故事的第七个版本。

　　嘿，是的，我不是太聪明的人……一切都只是为了回到那里：回到原点。

对不起？

第七个版本？！

可……可玛蒂尔德……可你刚刚一次翻了三张牌啊！你完蛋了，我的姑娘！你输了！你知道英国人管这种牌戏叫什么？Find the Lady——找到女士。所以，就这样？这就是你的红桃皇后隐藏的秘密？就是这个大胖小伙子让你陷入现在的境地？

……

用他的漆皮鞋、条纹短袜还有铆钉鞋跟？

……

用他的手指？还有他带在身边的尖刀？

……

用他散发着羊臊气的外套？

……

用他半夜三更突如其来的古怪想法？

……

嘿，我早就告诉过你，他一直有你的电话，他啊……好吧，你当时是太困了，所以没能记下他的号码，但是他，如果他愿意的话，他早就打给你了……

……

啊，也许不是，注意……也许只有九个手指的人做不到……

……

哦，玛蒂尔德！有人和你说话的时候，你能回个声吗？

闭嘴。你可以嘲弄、挖苦、诋毁他，只要你高兴，但是别扯我的耳朵。别打算教训我。你很清楚我有多讨厌这样。要是你再用这种语调和我说话，你就会永远地失去我。然后……然后你最后想和我说什么？

一切，我的美人。
一切。
洗洗干净，准备上桌吃饭吧。

4

所以……呃……我应该从哪里开始讲呢？还有，首先，我刚刚讲到
哪儿了？

库塞尔大街。好。行了。我还有时间。

我很后悔自己焚烧了那封信。我很后悔在焚烧之前没有最后再读一
遍。我不太记得信里到底花言巧语说了些什么，我脱线的记忆让一切都
变形了。我很后悔没有用嘴品尝它最后一遍，不然也许我就能大概记住
信里到底说了些什么，就能明白自己的弹药储备状况。

我两手空空地动身前往。我本想知道得和他一样多。总之……一样
多，肯定做不到，但至少可以比我现在知道的多一些。比细小的剃须刀
伤口多一些，比一缕乱发多一些，比缺失的一节指骨多一些，比直愣愣

的眼神多一些，比掮客的举止多一些。

我觉得自己缺少了一些关键信息，这让我身处劣势。

我很想弄明白在如今我们的世界，在这个由我们组成的世界里，在这个每天早晨我毫无羞愧感迈入的巨大赌场里，怎么可能有某个人会原封不动地把一万欧元现金还给另外某个陌生的人，除了善意地提醒她不要任由财富溜走外，没有任何多余的暗示，最后还主动埋了单。

我很想弄明白怎么可能有人如此不谨慎地翻找一个姑娘的手提包，还留下线索让她知道有人翻找过；怎么可能有人故意让她对他产生敌意，让自己陷入窘境；怎么可能有人在一家咖啡馆的深处花上大半小时冷静地沉默着，笨拙地仔细打量她，让她自信满满；怎么可能有人在现身前，在侍者的眼皮底下先好好观察她一番，可与此同时又愚蠢到没有想到偷记下她的电话号码，最后不得不向她直接要电话，在不合时宜的时候偷偷摸摸地打给她，好像这是一桩亵渎神明的罪行；怎么可能有人因此有计划、有需求、有欲望地，不无顾忌地有了要让她重拾食欲的责任感；怎么可能有人从第二天晚上开始便动手擦拭一件翻过来的大号兔皮外套的正面部分（一直在他不知情的情况，唉，他怎么又会知道呢？），甚至毫不费力地重新拨出那个忘恩负义的坏姑娘的号码，那个出色的撒谎者的号码，那个卖弄风骚的婊子的号码，就为了让她重燃对生活的希望。

一句话，我很想知道这个如此古怪的小伙子到底来自哪个星球。如果他是来自我们的星球，那么我想用手指触碰一下所谓人性的东西。

我想放任自己饥饿而死，这样他便会替我收尸，将我藏在他偷藏我妈妈的手提包的地方，品尝另一个浑蛋微不足道的味道还有我乱七八糟的生活的滋味：在他的外套下面。

是的，我就想要这样，别的什么都不要。我要让他从上头拉开外套拉链，让我躺在他胖乎乎的胸膛上休息。

……

啊！这让你们震惊了吗？瞧你们说的，另外那个碎嘴的傻大姐，她又在和我们瞎扯什么了？

在讲了她的屁股诗人和布满星星的竖琴之后，在讲了那伙百无一用的烂好人之后，在那个可怜的家伙终于逮住她，甩给她坐在加长型小汽车里的三个小家伙之前，她该幻想某个肉店工作人员的出现了，他带着硕大的长柄汤勺，穿着鸡脚样的瘦腿裤，还有蛋壳套鞋，是这样的吗？

古怪。

古怪，古怪，古怪。

就是这样的。垂涎吧。

垂涎吧，癞蛤蟆。

垂涎雪白的鸽子……

还有Facebook，难道不也是幻象的一种吗？

蜜糖？阿多特？吸引力？所有傻透了的交友网站？

所有可怜的小窗口用两列广告搅拌着你们的孤独，所有点下的"赞"、所有想象中的朋友网络、所有关注的群组、所有廉价的、群体的、付费的关爱，由富得流油的服务器连接起来，这都是些什么？

还有对网络的狂热……这种永恒的匮乏感、身体的空洞、不断啃噬着你们的电话、总是要你们解锁的屏幕、需要购买才能继续游戏的生命、伤口、排水口、对你们口袋的紧抓不放？你们所有人无时无刻不想着要确定是否有人给你们留了一个口信、一条信息、一个暗示、一个未接来电、一个提醒、一个广告，一个……一个不管是什么的东西。

而且所谓"有人"也可以是随便哪个人或是随便哪个公司，只要它是给你们的，这就能让你们安心，让你们觉得自己还活着，还存在于世，还是重要的。如果人们无法以另外的方式了解你们，他们还可以趁机再和你们做一笔卑鄙的交易。

一切深渊、一切晕眩、你们在地铁里抚摸过的一切乘车条例，只要你们没有被它骗到，就会陷入泥潭。一切让你们自娱自乐的娱乐，让你们不再习惯自我思索、自我梦想，不再习惯回归原点，学习认识自我或是重新认识自我，不再习惯观察他人，对陌生人微笑，不再习惯克制、调情、狂喜，甚至不再习惯做爱！是谁给了你们这样的幻觉，以为自己拥抱了全世界……

所有被编码的情感，所有由电话线维系的友谊，每晚必须充电，一旦跳闸便什么都剩不下，难道这不是幻象吗？

我不知道自己在说什么。

我还在流血。

我不在乎他是厨师，是清洁工还是股票交易员。尽管我很愿意相信会选择这该死的职业，日复一日地喂饱自己的同类的人，首先本质上必须是个好人。

不然我想不出有什么办法可以让人坚持从事这个职业。

也许世上存在穿着厨师制服的坏人，但他要如此早起晚睡，每天早晨要在如此寒冷的天气验收食材，随后又要忍受着滚滚热浪待在操作间。平时劳累至极，休息时间走进路过的第一家小酒馆便呼呼睡去，为保存蔬菜鲜艳的色彩，自讨苦吃地把煮熟的蔬菜浸在冰水里——与此同时——自己却永远面有菜色。休息日明明精疲力竭，但却还有精神系上围裙，宴请自己的朋友、家人、朋友的朋友，所有那些能与厨子做朋友、太过幸福的人，而他自己也乐在其中。也许我会弄错，但是我想他应该是个好人。至少是个慷慨的人。是个有勇气的人，这一点也是必需的。由于那个以厌倦为主旨的故事版本，是如此忘恩负义。如此，如此忘恩负义……所以，还是得重新讲述它。

我承认自己其实是在纯粹的幻象里扑腾，坦白说就是十个混饭吃的公务员，十个土豆削皮器，十个穿着及臀长靴、拿着职业技能文凭、没节操的家伙，十个偷懒的家伙，十个空度余生、差强人意的家伙，数着

自己的时间、自己的伤口、自己的空壳过活——屈服着、苦涩着，因为
理直气壮地有着这样一份工作而垂头丧气且令人丧气——我承认这所有
的一切，好了，那你们知道究竟是什么组成了我的幻象吗？他本有可能
偷走我那一万欧元。

嘿，是的。

嘿，是啊。

难道我把一切都归结于钱是错了吗？不，当然不是，这只是所谓的
参考价格，你们知道的……

我还得承认自己就是一个彻头彻尾虚弱的人，自己为自己虚构出这
种奶油甜点，自欺欺人，还把三个马卡龙以次充好，强塞给自己遇到
的第一个傻瓜技工，对方很可能不怀好意地想靠在我的背上昏昏欲睡。
（好家伙！我丢了自行车，还碰上所有商店都关门，这时候的我究竟在
想什么啊！）好吧，又是一次，我告诉你们，他又变回一个可怜的傻
瓜，一个诚实的小伙子，全身而退。

因为在他的钱包里有能要我命的子弹……我知道，是我自己替他装
上的……

不论我的钱有没有被偷走，不论我的包有没有经过第三个人的手，
他已经有了我的所有信息，蛮可以要挟我一大笔钱。他可以跟踪我，找
到我，继续半夜三更打电话把我弄醒，问我，哇呜！哇呜！我是不是
真的太好了，问我是不是还喜欢嚼冰块，问我阳台上是不是还有猪油味
儿，还有我的屁股，哦哦哦，是不是真的闻起来有贻贝汁的气味。

这样的一张名片，放在一个姑娘的包里，在酒吧绝对是值得炫耀的。

可他没有这么干，他只是脸色苍白、神色慌乱地向我保证他已经把所有东西都还给我了。

好了。我讲完了。

巴蒂诺尔大街。

天哪，我还没睡，我啊……

好吧。行了。有人开始远远地注意到我有一点圣心。

……

啊！是您在那头不说话，是吗？

……

我说了什么打扰到您了？

……

那么？！别人和您说话的时候，也请您回答一下！

就是说……这一切实在是让人难以想象……

这一切，是指什么？

好吧，就是说你竟然会到这种地步……

哪种地步？

好吧，就是你会瘦成这样……从远处看，像这样，这样基本看不出。

从远处看，什么都看不出。

……

请相信我。请相信我，因为我在这方面是专家。所有人……所有像我们一样的人，我们并非光明正大地度过自己生命中最光明的日子。远景、近景、正面、侧面或是斜着看，怎么看都不是。

……

哦，说点什么吧！怜悯一下我吧。再对我说几句吧。我正在一口气跨过十条铁轨，看着这些可能的不可能的起始站，我的头脑嗡嗡作响。叹口气，好吧，但请再陪我一段路吧。求你们了。

你那有名的GPS呢？

和我一样迷路了。

好吧……好吧，如果你告诉我们的话都是真的，那你必须找到他。你没有别的选择。

说得容易……

第一位侍者，那个叫他罗密欧的人，应该认识他，他……

不。我已经问过他了，可他并不知道更多的信息，从那天以后那个侍者也再没有见过他。

啊，妈的。你应该带一个罗盘，围绕约会地点扩大范围，搜索其中的所有餐馆。

所有的？！

你想到了另一个办法？你想在凯旋门上贴满他的素描画像？

这要花上我的好多时间！

并非不可能，你没有选择了。

为什么？

为什么？因为我们已经厌倦了，我们啊，我们已经厌倦了听你一人在黑暗里自言自语！我们不在乎你的心情！我们不在乎！你知道的，每个人都有不爽的时候！每个人都有！我们，我们想听的，是一个故事！我们来这里是为了听故事，仅此而已！

呼……

什么，干吗吐气？发生了什么？为什么你沉下了脸？

我害怕再次痛苦……

但玛蒂尔德……身体健康的时候体验一下痛苦，也挺棒的。痛苦是一种特殊权利！只有死人才不会感到痛苦。享受它吧，我的美人！来吧，奔跑吧，飞翔吧，满怀希望吧，站直身体，不论是流血或是盛宴，好好体验吧！体验一下吧！你光滑的臀部还有擦着果味香水的双腿……给我们动动，让我们也瞧一瞧。因为在你一本正经的外表下，我得向你指出，你和我们一样没少说教。所以，接受吧，住在雅致街区、气鼓鼓的小姑娘，接受吧。至少这次坚持你的信念。放下你的计算机，放下你舒适的家，放下那对你不断说坏话、该打的姐妹，尽管在她们的监督下你幸福地又可以以小孩子的心态生活。是的，放下你的瓶颈，放下你那不名一文的犬儒心态，放下你那永远不会回来的母亲，放下……哦！你这是要去哪里？

　　我没想到……我的自行车……对了！是它！就是我亲爱的让诺！哦，幸福啊！哦，它还在那里！哦，你一直在那里，我的亲亲。哦，谢谢。哦，好极了。哦，太棒了。好了，来吧，我们快点回家，我们得休息一下，等精神焕发。

　　呃，是的，我还有工作要你完成，老家伙。

5

　　你知道的，玛蒂尔德，如果你在生活中真的很重视什么东西，那好吧，那就竭尽全力，不要失去它。

　　你就担心吧，圣·让-巴蒂斯特，你就担心吧。你没有看到在我裙子的褶子下面，也有一条很漂亮的链子，我也有的……

第四幕

1

阳光轻刺大楼正面的雕像，榨汁机嗡嗡作响，开水壶正在歌唱，烤箱时间显示七点四十二分，米歇尔·德尔佩什[1]（或者弗盖，或者波尔纳列夫，或者贝吉，或者约拿斯，或者萨尔杜，或者任选）的声音在早晨的空气中颤抖。

朱莉正在确认豆乳酸奶和绿色李子干的保质期，波利娜焦虑地问她：

---

[1] 法国歌手。——编者注

"你看到玛蒂尔德了吗？"

"没有。我起床的时候，她已经走了。"

"又走了？她那么早到底是要去干什么？"

"七月二日……得快点了……"

"你说什么？"

"酸奶……你要吃一个吗？"

"不了，谢谢。"

"等一下，我们浪费了好多东西……都是因为她！她现在不在家吃早饭了！"

"为什么她现在起得如此之早呢？她找到工作了？"

"我不知道……"

"你看到她房间里的地图了吗？上面还钉满了小图钉？"

"看到了。"

"她到底在搞些什么？"

"我不知道……"

"她是想搬家了吗？"

朱莉不知道。丹尼尔·吉夏尔①的歌声不断循环着，茨冈茨冈茨冈茨冈茨冈茨冈茨冈茨冈茨冈茨冈茨冈茨冈……

救命。

---

① 法国歌手。——编者注

2

以他们相遇的咖啡馆为圆心，步行十五分钟的距离为半径（她想象在两个工作之间他可能需要出去透口气，或是活动一下双腿），玛蒂尔德调查了这个范围里的两百二十八家餐馆和小酒馆。

还有……她已经在她的清单上划去了比萨店、薄饼店、茶室、古斯古斯面店以及印度菜、阿富汗菜、西藏菜和素食餐厅。这些地方，她判断不会用到那么大的刀。

228。

两百二十八。

一百加一百加二十加八。

必须稍有规划：她放大并复印了十八区、十六区还有十七区的地图，把它们分别钉在书桌前的墙面上，然后再钉上红色的小图钉，严格地丈量它们。拿破仑也不会做得比这更好。

　　她从打电话开始，但很快发现这办法不太奏效。她不知道他叫什么，无法说出他的长相、年龄，说不清他在餐厅工作多久了，更说不出自己要找他的理由。啊不，这通电话当然不是工作质量抽查，也不是为了预订座位，电话那头有时是说话带鼻音的答录机留言，有时是忙得不可开交的酒店老板，有时是正在算账的店主，不管是谁，最后都以一顿痛骂结束通话。

　　简单地说，就算没有走遍瓦格姆大街和伊雷娜大街，她也感到应该收手了。

　　现在应该做的，得是直接进攻。

　　进攻。前进。向着他前进。

　　自我介绍，微微一笑，说笑几句，假装自己是刚刚路过的前女友，住在七十五省的外省妹妹，丢失了家猫的米歇尔妈妈，或是穿着夸张的轻浮女人，就看是谁来接待。

　　还得早早起床。

　　因为我们无法预计会遇到什么人。酒店老板、露台清洁工、累得还来不及脱下制服坎肩的服务生、在吹风机下工作的主厨，所有这些反应各异的人，就看他们当时是否已经下班。穿着光鲜亮丽的制服、收取小费的他们笑容可掬，穿得臃肿、在用吸尘器的他们不屑一顾。

现在要做的，就是早早起床，去后门等着。专供供货商和厨师的通道。关闭的门，不起眼的门，被一块幸运石——小柳条筐、空奶油罐或是硕大的油壶——卡住而半开半闭的门，从门里走出巴基斯坦人、斯里兰卡人、刚果人、科特迪瓦人、菲律宾人，以及该死的多彩生活共和国的其他公民，他们从门内扫出一股股冒着肥皂泡的污水。在那里我们有时还能看到脸颊圆鼓鼓、肤色透亮的人影。

这些人揉着脸，他们足够富有，吸得起卷好的香烟，一只脚抵着墙，独自一人或是几人聚在一起抽烟，随着白天的到来，他们越发沉默。

八点的时候精神饱满，十点的时候沉默安静，下午三点的时候喝得醉醺醺，相反到了餐馆关门的时候，又重新恢复活力，大声聊天。

他们没有回家，他们聊天，大笑，互损，让疲劳有时间在黑夜里消散。

几天之后……几天一无所获的调查之后（她不再恶作剧了），玛蒂尔德了解了这一切。

这整整一个世界……

她也明白了仅仅知道一个名字无法了解更多，这些家伙中的大部分人只知道对方的姓，所以每次她问他们是否认识一个让-巴蒂斯特，他们都抱歉地看着她，好像她是在向刚刚关上校门的先生打听心上人的名字。让-巴，严格地说，让-巴蒂斯特，不。这个名字太长了。

当她遇上一个洗碗工的时候，她预感到自己的英语、孟加拉语、僧伽罗语、泰米尔语或是她自己也不知道是什么语言的语言，并没有达到对话者的水平，于是她便指指厨房，然后指指自己的左手，随便弯起一个手指的前两个关节（她记不清楚他缺的是哪个手指），用一只手模仿出大腹便便的样子，有几次，甚至还在头顶上比画出头发乱糟糟的样子。

少数没有把她当作神经病的人，摇了摇头，挥舞着手臂让她走开。

她离去的时候，听到他们之间的窃窃私语：

– *Avaluku ina thevai pattudhu?*（她在找什么？）

– *Nan… seriya kandupidikalai aval Spidermanparkirala aladhu Elvis Presley parkirala endru…*（嗯……我没太明白她是想找蜘蛛侠还是猫王……）

– *Aanalningainapesuringal ? Ina solringa,ungalukuounumpuriyaliya ! UngalAmma Alliance*

FrancaisePondicherrylavelaisaidargalenruninaithen !（你又在胡说什么呢，你啊？你想说你什么都没懂，是吧！我以为你母亲在法属印度的法语联盟工作过呢！）

– *Nan apojudhu… orouchinnakujandai…*（哦，行了……我那时候还小，嗯……）

有一两次，有人告诉她有个让-巴蒂斯特，但此让-巴蒂斯特非彼让-巴蒂斯特，另一个早晨，有人告诉她这里有个手掌有缺损的人，但那也不是她要找的。

小道消息传得很快，十天左右后，经常能听到这样的开场白：

"先别说话。是您在找一个独臂的厨子，是吗？嘿嘿嘿，不，他不在我们这里……"

她变成一桩余兴节目。早晨吃奇巧巧克力的休息时光。骑着自行车的疯姑娘，在本子上写写画画，向你刨根问底或是在你经过的时候给你一根烟。

总之，她很开心。她很喜欢这些总是忙忙碌碌、不太好聊天但活力四射的年轻人。整天活力四射。尤其是其中最年轻的小伙子们，他们让她心醉神迷。他们是否意识到就在此刻，在他们的生命里，在他们和他们的伙伴之间出现了一道鸿沟？

她把闹钟定在早晨五点，淋浴的时候把水流调到最小，生怕吵醒同屋的两个姑娘，她把地图装进口袋，在清晨来临之际采摘夏至日的巴黎。

玫瑰色的巴黎还在沉睡，这是属于运输工、市场小贩和面包师的巴黎。

她重新认识了巴黎的视野、街道和林荫道，在此之前，她曾习惯在同样的时刻经过这里，但是视线模糊，全凭直觉，弯弯绕绕，跟跟跄跄，全身的力量都靠车把支撑，车把就是她的平衡器。

　　她喜欢雾蒙蒙的街道，喜欢属于底层人的倦怠感，喜欢一个城市迷蒙且销魂的慵懒氛围，这一切是她那双因为疲惫、酒精和无名忧郁症而枯涩的可怜的小眼睛许久没有看到的，这一切，不论旁人说什么、做什么，始终美不胜收。

　　这一路的风景是如此优美……她觉得自己好像是个游客，一个都市漫游者，在自己的生命里远行。她劈开冬日的冷风，与公共汽车司机说笑，在笨拙的骑公共自行车的人群中穿行，跟随奥斯曼男爵[①]的足迹，把克里希广场上的人群（广场上还剩下的人）抛在身后，沿着越来越奢华的大楼前行，和蒙梭公园的漂亮圆亭打个招呼，每个早晨都问自己是谁住在那里，住在这些华丽的私人小公馆里，自问这些居住于此的半神是否意识到他们是如此幸运，在不同的咖啡馆吃早餐，看着价格随着门牌号码的递减一路攀升，打量来往的路人，翻阅《巴黎人报》，转身不看电视屏幕，偷听吧台边的谈话内容，参与吹牛者的预言讨论，讨论赌马或是足球比赛的下注，以及用力蹬着自行车，希望不要迟到。

　　下坡的时候起了一身鸡皮疙瘩，上坡的时候涌起滚滚暖流……

　　她相信。

---

① 　法国城市规划师，拿破仑三世时期的重要官员。——编者注

　　她坚定地相信。

　　她为自己幻想了一种命运与自己的孤独游戏，自导自演一出电影，把自己想象成《漫长的婚约》①里的女主角玛蒂尔德，寻找一个一点不帅但想和她安定下来的小伙子，他曾在一个夜晚在她耳边低声私语，即使她找不到他，即使这一切又只是唯唯诺诺的现实世界里的一桩傻事，这也没关系，这也不重要，他已经将这份美妙的礼物送给了她，感觉到自己站立着，有决心，能早起，充满活力，还有……还有这已经很多了。

　　在这些清爽的清晨，世界，至少世界是属于她的。

――――――――――

①　法国战争爱情电影，讲述了女主人公在第一次世界大战中坚守等待未婚夫的感人故事。——编者注

3

属于?

属于其他人。

三周以来，她每天日出起床，继续工作，日落而息，吃得很少，失望地入睡。这……这太折磨人了。

玛蒂尔德叹了口气。

她究竟还在幻想着什么?

该死的丘比特还打算出什么馊主意?

嗯，上面的那个大屁股?

这次又是什么，这份完全腐臭的剩菜?

所有她想到的地点，所有带给她灵感的地点，所有的建议，所有的意见，所有从一扇服务专用门传到另一扇服务专用门的当当声，所有这些"祝你好运"或是"你说刀锋上有光晕？那是日本刀……如果我是你的话，我会从日本人那里开始找"，是的，所有这些正确的渠道，所有这些错误的希望，所有这些吝啬的描述，所有这些大到无边的问题（对不起，先生……我在找一位厨师……呃……我不知道他叫什么，但他稍微……呃……有点胖……您想到什么吗？），所有这些眨眼，所有这些抱歉的摇头，所有这些挥舞的手臂，所有这些友善的回复或是恶意的打发，这整个翻转的生活，这些按时清醒和不断失望，所有，所有，所有的这一切都是徒劳。

玛蒂尔德动摇了。

该死，他到底藏在哪里？他真的在这个街区工作吗？也许他只是个兼职厨师？或是食堂员工？要不在企业餐厅工作？还是个带刀的危险分子？或者是个暂且不知道下一步怎么做的善良的梦想家？

为什么从那以后他再也没有打电话来？因为他感到失望？因为他感到气愤？因为他在记仇？因为他失忆了？

因为他不识字？

因为她不是他的菜，或者他以为她还在和她那写酸诗的前男友在一起？

玛蒂尔德怀疑了。

再说……他是否真的存在呢？还是这人曾经存在过？

也许是她拼凑了整个故事。也许那封信早就不在信封里了。也许有人早就读过它了。也许……

也许那些文字又一次地轻吻了她……

瞧，说到文字……就在这条街上，几年前，她忘记了她的作家，但是她很快又想起一切，想起她未来将成为作家的前男友在一个冬夜里脸色苍白。

脸色苍白，神情激动，因为他远远地认出一个熟人的身影，那人的身影消失在对面这家酒店的转门里。他的脸色一下子变得灰白，伸手抓住她，沉默了好一会儿，才用所有可能的迷乱语调，重复地说道：伯纳德·弗朗克①？是伯纳德·弗朗克？哦，天哪……伯纳德·弗朗克……你想得到吗？是伯纳德·弗朗克！

不，她没有想到，她感到很冷，想要去乘地铁，但是她感觉到他的僵硬：

"你想要我们过去吗？你想和他打个招呼吗？"

"我做不到。再说这是一座宫殿，你知道的……我甚至没钱请你吃一颗橄榄……"

---

① 法国著名作家、记者、文学评论家。——编者注

在回来的路上，他滔滔不绝的长篇大论让她厌烦不已：他的思想、他的文化、他曾写过的棒极了的作品、他的风格、他的沉着、他的优雅等等。

激动、混杂、由原始狂热所产生的饶舌多嘴。

她漫不经心地听他在自己耳边喋喋不休，心里默数着还剩下的站数，然后有那么一个时候，他补充说这个披着白色披肩的人影曾是弗朗索瓦兹·萨冈①最好的朋友，他补充说他们年轻、富裕并且容貌俊美，他说他们曾一同阅读、写作、跳舞、赌博还有狂欢，这些话，这些话她都记得，这些话让她沉溺于深深的白日梦中。

十一月的一个寒冷夜晚，经过地下隧道的时候，她的鼻子紧贴着玻璃窗，她不想看到玻璃窗里自己灰蒙蒙的倒影，她想象和萨冈做朋友应该是种怎么样的感觉……

是的，她对这个话题很有兴趣，现在她很后悔自己当时不够大胆，没有跟着那个人走进那个豪华的处所。他……盖茨比的朋友……

他们手拉着手沉默着，那个夜晚在九号线的车厢里他们心生疑窦，他们禁不住幻想的诱惑，他们略有遗憾。

第二天伯纳德·弗朗克去世。

你好，忧愁。

玛蒂尔德突然刹车。

---

① 法国著名的才女作家。——编者注

酒店……她忘了还有酒店……

太愚蠢了。

她下了车，观察着门童穿梭在登记在税务天堂名下的豪华轿车之间，她惊讶地用手支撑着车把，再一次见识到生活的变幻莫测和无所不能。

因为他在那里……

当然，他在那里。

在这宏伟的墙面背后，在这所普通人难以接近的酒店里，圣奥诺雷街①，奇迹的制造者，美食的神圣守护者。

他正在那里面，她不得不承认，文字总是令人遐想。文字一个接一个地呈现出画面，文字播种下想象的种子，最后还是文字将图像汇集起来。

因此，这话没有错：文学撕裂生活，文学并不总是正确。

她承认错误的同时，大舒了口气，她那毁灭青春的爱情最终证明自己的无罪：他是否以更多的温情为他所不爱的人服务，这并不重要，关键是他信守承诺。

---

① 巴黎最著名的购物时尚街。——编者注

❀ ❀ ❀

现在快晚上七点。不是去厨房找人的合适时机……

嗯……她回头再来。

她心满意足地走远。她让自己身体的重量压在老让诺的车把上，沿路欣赏着玻璃橱窗里映出的笑脸，直到转过罗亚尔街的转角。

当然，这无法用金钱来衡量，品位也有些堪忧，通常还很难搭配，但是这并不妨碍……妨碍她觉得它很美。

4

甚至是，太美了……

美得不真实！

你们会相信吗？认真地说，你们究竟希望怎样？希望她第二天早晨
蹦跳着吸引他的注意，希望她让人大喊他的名字，希望他出现的时候自
带浮动的光环，白鸽飞舞，镜头转动，他以慢镜头的速度向她跑去？

好啦，好啦，你们这些过于浪漫的人，这些画面只有在电影中才能
看到。或者在她前男友痛恨的那类小说里。现在，我们身处真实的生
活，唉，我们的女主人公的梦想难以实现：禁止入内，大门紧闭，还有
监控摄像头。

好了。这个故事终于开始走上正轨……在她看来，这一切并不太好玩，玛蒂尔德·萨尔蒙，我们可以说，正受够了倒追一个男孩子的感觉。

组织角色，花费两分钟。

所以，她坐在一辆轿车的引擎盖上，换了鞋子，取出化妆包，编好辫子，脸颊扑粉，擦睫毛膏，描绘唇形，脖子处喷上香水，把外套卷成一团塞在车后座的行李架上，然后扭动臀部奋力骑上坡。

美丽、性感、行色匆匆、钱包充裕，她一路无视门童、侍者、前台小姐、行李搬运工、女服务生，以及其他客人。

后面。

后面，毫无价值的餐牌一路引导她找到他。

她壮胆走过一片厚厚的地毯，走到走廊尽头，无视沿路偶遇的人们用俄语和英语提出问题或是搭讪，假装整理肩头看不见的长围巾，寻找一间用餐室，绕过一台吸尘器，抱歉地微笑，目标厨房，推开门，逮住第一个遇到的人就问：

"我要马上见到让-巴蒂斯特。请您帮我叫他一下。"

5

"找谁？万森？"

"不（语调轻蔑），是让-巴蒂斯特。我刚刚和您说了。用日本刀的
那个人。"

"是的，要命（口气凶巴巴），他现在不在这里上班了。"

突然，玛蒂尔德的美貌烟消云散。

不再富有，不再性感，不再自信，什么都没有。

她闭上眼睛，等着被人踢着屁股赶出门。她已经看见一个不同于普
通人的大个子搓着手向她走来：

"小姐？您是迷路了吗？"

她回答他说是的，他把出口指给她看。

他看出她的拮据、不美还有可怜，他看得清清楚楚，于是又补充道：

"您认识他？当心……我也是，我想我认识他，然后……然后我还是被骗了……但不管怎么说他是个很好的副手……我对他说，于是我对他说……但我不知道哪只苍蝇刺激了他……毕竟他也不是普通人，嗯？哦，当然不是……一点都不寻常……这几周来，他工作的时候一直不在状态，他不断出错，然后就走了。"

"您知道我在哪里可以找到他呢？"

"不，我不知道……我还要对您说：我也不想知道。他对我们做的事太不仗义了……在旺季的时候，突然辞职……啊，有件事，是的，我想起来了……有天早晨，他突然又回来了，但是判若两人。没有什么东西再能吸引他的注意力。他甚至分不清西瓜和海螺，这个昏了头的家伙。开始的时候他因为烫伤，暂停工作了一段时间，我们不得不送他去急诊，等他再回来的时候，他就变得完全不同了。他无法集中注意力。'我丧失了味觉'，这是他给我的解释……他清空自己的储物柜，结清薪水。您瞧，出口在那里。如果有朝一日您遇到他，请您告诉他把我的格力蒙还给我。他会懂的。"

玛蒂尔德再次经过酒店门口的雕像，她感觉无比尴尬。她得加快脚步。她记起这个入口是禁止推销员、调查员还有外部世界其他古怪的入侵者进入的。

快跑！

她正走向那辆发动机坏掉的漂亮的阿斯顿·马丁跑车，她之前询问的第一个年轻人碰了碰她的手肘：

"是您？"

"对不起？"

"凯旋门的姑娘，是你吧？"

他的微笑在她身上引起一种疼痛的感觉，她忽然意识到自己把嘴唇咬出了血。

"我在怀疑。他现在应该在外省⋯⋯他在他叔叔家找到了工作⋯⋯在佩皮尼昂。"

温柔的耶稣。佩里格。为什么不是澳大利亚？

"他有电话吗？"

"我不知道。你有纸笔吗？我把那家餐厅的名字写给你。你会发现，那里和巴黎很不一样。在那里很容易找到他的。"

她仔细地记下他的话，然后抬起头，想向他表示感谢：

"你为什么这样看着我？"她惊讶地问道。

"没什么。"

他转过身，走了几步，接着又改变心意：

"嘿！"

"嗯？"

"您的包里究竟有什么？"

"一张地图。"

"啊？"

他神色失望。

6

　　玛蒂尔德打算回家取电脑和梳子……哦，她又改变了主意。今天耽搁的时间太久了。

　　她站在第一个红灯前犹豫着：该死，佩皮尼昂，该在哪个火车站乘车？蒙帕那斯还是奥斯特尔利斯？

　　好了，来吧，小皇帝，既然你从一开始就手持烛台，那我就相信你能完成加冕礼吧。从战术的角度说，人们会说这是你打的最漂亮的胜仗，而我呢，从战术的角度说，我输得有点丢脸。那么，就去……

　　嘿，你没有在耍我吧，嗯？

　　她把自行车锁在护栏上，向着售票处走去。

"买票？"穿着淡紫色制服坎肩、长相和善的克雷芒斯问道，"单程还是往返？"

嗯。单程票就好。现在的情况已经很复杂了。

从今往后就一张单程票就好，拜托您了。

如果可以的话，座位朝向请选择和列车行驶方向一致的。

最终幕

1

　　这是漫长等待的一天。先是在这个火车站，随后在利摩日火车站，最后是佩皮尼昂的街道。

　　尽管她从未来过此地，但这个地方却唤起她无数的回忆。这里处处可见达达尼昂①留下的痕迹，冲进小咖啡馆大嚷着"好啦，无赖！好啦，该死的店主！拿你最好的酒来！"的达达尼昂。这里和世界上的其他地方一样，核桃油瓶、焖肉冻、塞满肉馅的禽类脖子以及同样品牌的服装比比皆是。

──────────

① 大仲马小说《三个火枪手》的角色之一。──编者注

三角帽上装饰着百合花。必须说，在中国，刺绣这样一朵百合花的花费要便宜很多。

算了……这里是属于我们的世界……必须热爱它……而且这里古老的石块，一直向你诉说着《三个火枪手》小说里的故事，这门技艺没有经营特许权一说。

玛蒂尔德游荡着，因为她决定等到餐馆打烊。她决定在昏暗的夜色下现身。并非出于浪漫的考虑，而是因为害怕。

是的，她在我们面前假装是在哲学的领地上东游西荡的人，但事实上她从未出过海，我们这位年轻的朋友。被放鸽子的主厨的怒气让她也动摇了。也许当事人真的不够厚道。也许她是在飞蛾扑火……或者更糟糕的是，扑向一个不知轻重的人的怀抱，或者是某个用虚假的承诺还有他记得的情话，敲开一个香榭丽舍大街的有钱乡下小妞心房的家伙的怀抱……或者，更加糟糕的是，某个几小时后指着挂钟对她说出以下话的家伙的怀抱。

"对不起，我们打烊了。"

是的，也许她又一次身处失败的节点，在这出为打发时间而自己发明的愚蠢游戏里又一次一败涂地。

悲剧……

好啦，店家！来一瓶冰镇的可口可乐，让小姐定定心！

市场广场，她踮起脚，给一尊漂亮的朝圣者石刻雕像拍下照片。

咔嚓。度假纪念。

做最糟糕的打算，如果一切都真的不顺，那就把它当成屏幕壁纸。

类似贴在棍子上的便利贴，时刻提醒自己，爱人有风险，时时需谨慎。

2

半夜零点差一刻。她在叔叔餐馆对面的矮墙旁已经等了足足两小时。

那地方很有风情，处处可见屋梁、铜器，时时可听见欢笑碰杯的声音。达达尼昂和他的伙伴们在这里如鱼得水。

最后一批慢条斯理的食客晃了晃身体，起身想去结账，可口可乐的效用早已过去。玛蒂尔德抚摸着肚子，祈求它再坚持一会儿。

还有她的双手掌心。

她的掌心汗津津的。

现在，餐馆里再无一个客人，但大厅里仍有人来来往往。一位夫人将放在门前的黑板搬进餐厅，一个年轻的小伙子，手臂下夹着摩托车头盔，和她打了个招呼，点燃一根烟开始清场，另一个小伙子重新竖起刚刚清理干净的桌子，与此同时一个留着小胡子的胖乎乎的先生穿着酿葡萄酒的围裙在柜台后忙碌着。

再之后就没人了。

玛蒂尔德恼火了。

她怒火中烧，压抑不住的粗话最终从她紧紧咬住的牙关喷涌而出。

在黑夜里嗡嗡作响：

"该死，他到底在这里搞什么，妈的？好了，好了……去死吧，傻瓜们。去死吧。还有你！你啊，你什么时候出来？你最后还是把我当成驴子耍吗？得了吧……动动你满是肥肉的屁股，从这家蹩脚的小饭馆里出来吧，该死的……"

过了十多分钟，那位女士还有小伙子再次出现，他们在她面前相互拥吻互道晚安，随后消失在不同方向的夜里，一切都陷入黑暗。

"嘿！"她跳起来，奔跑着穿过街道喊道，"嘿，我呢，我也不想睡在这里！"

她在餐桌间跌跌撞撞，碰倒一把椅子，骂了一句粗口，像飞蛾扑火一般向着能引导她的唯一光源跑去：那是气窗，厨房间门上的气窗。

她慢慢推开门，屏住呼吸，抑制骄傲，咬紧牙关，控制肌肉。

一个穿白上衣的男人正聚精会神地看着自己的双手。

他站着，忙碌着，正在修理摆在他面前不锈钢操作台上的一件东西。

"你可以走了，我会负责关门的。但记得把钥匙留给我，我又忘了自己的钥匙了！"他说这话的时候，视线并没有离开操作台。

她吓了一跳。

她认出这是他的声音。

"对了？你告诉皮埃罗牛犊胸腺的事了吗？"

哎，没有，她当然没有告诉皮埃罗，所以他终于抬起了头。

3

他脸上的表情既不是意外，也不是高兴，也不是惊讶。

丝毫没有大吃一惊。

他看着她。

他看着她……很难说他看着她多久。在这种情况下，一秒的时间不再是真的一秒，它们的流逝变慢了，它们的长度变成了原来的三倍。应该说，他看着她，直到天荒地老。

而她呢，她锁住了时间。起初的时候她有些筋疲力尽，随后就好了。她已经完成了她那部分的工作。

她的眼睛一眨不眨。现在轮到他了。轮到他，来讲述他们的故事。轮到他说句傻话，毁了一切或是说……她不知道，或是说点能让她坐下来继续呼吸的话吧。

　　这一切他都有所感觉。从他脸上，能看到他正在和如何措辞斗争。措辞、疲劳还有回忆。他在寻找。他快要找到，然后又放弃了。他有些害怕，他和她一样口拙。

　　他又一次低下脑袋，回到刚刚吸引他的工作上。为了赢取时间，因为他有事做的时候更加聪明。

　　一块蓝色的长方形石头放在他面前：他在磨刀。

　　她观察着他。

　　两人聚精会神的样子好像在玩游戏，安静有规律的嘶嘶声让他们俩都平静下来。也许他们会想，这是在事情可能变坏之前赢取时间的最好办法。

　　他观察着刀刃，欣赏着刀锋，任由它在自己左手大拇指指甲上滑过一个弧度，接着把刀柄转过来，继续他的磨刀工作。

　　一股暗色的浆在磨刀石上汇集起来。他用刀在磨刀石上滑出圆形、八字形和螺旋形的轨迹，整个身体的力量都压在引导刀刃的三根手指上。

　　她看得入迷，她仔细观察着因为用力而发白的短指甲，观察着手指上被割破而变硬结痂的伤口，以及隐藏在黑色袖子里那根著名的少了一段的无名指。

这根手指，缺损、柔软、苍白，她很想触碰它一下。

他没有看她一眼，只是拿来一碗水，重新蘸水润湿磨刀石。

刀锋的摩擦声、两人封闭太久的怦怦心跳声以及远处传来冷藏室的嗡嗡声又一次让他们昏昏欲睡，接着他们听到隔壁房间传来一阵脚步声、门锁的咔嗒一声、重新关上门的声音、关上百叶窗的声音还有转动一次锁眼，不对，是转动两次锁眼的声音。

他们发现自己被黑暗包围着，就在这个时候，她看到他微笑了：他的脸上浮现出一对笑窝。

"啊……对不起……刚刚我和你说过，我忘带钥匙了……"

他享受着黑暗，而她没有出声。她在身后摸索到一个凳子，把它拉到身边，接着在他对面坐下来。

这种种嘈杂声结束之后，周围又安静下来了。

"我很高兴……"他嗫嚅着说道。

她用力咬着嘴唇，下唇上的伤口又开裂了。现在该轮到她开口了吗？拜托，不，不要现在。她太累了。她一直来到他身边，因为他没有把她的包据为己有，因为他没有一去不返。

为了再争取几秒钟的缓冲时间，她揉着自己受伤的嘴唇。

她不停地轻咬着最疼的部位，舔舐着自己的血液。

"你瘦了。"他接着说。

"你也是。"

"是的,我也是。我比你瘦得更厉害。你会说,我瘦得骨头都突出了……"

她在黑暗里微笑了。

他的身体前后来回摇晃着,仿佛是想要挖凿、刨开、镂空这块磨刀石。

又过了一分钟或是两分钟或是三分钟,或是上千分钟,他又压低嗓音补充了一句:

"我以为你……我以为我……不……没什么……"

嘁嘁。一只苍蝇撞上摆在过道里的蓝光捕蝇灯上。

"你饿了吗?"他终于平生第一次看着她问道。

"是的。"

"我也饿了。"

她微笑起来,嘴唇很疼,因为疼痛,她又舔了舔下唇。

他细心地擦拭着他的大刀,她用唾液濡湿嘴唇。

"把衣服脱了。"

扬

　　我再也不知道自己身在何方。经历了今晚的种种，我仿佛多多少少让自己升入了一个更高层的世界，现在的我无法任由自己回到原来的位置，这等于是要毁了我。

一　睾丸

这周，轮到我负责关门。我结算了最后一批订单，关掉机器，确认抽屉和柜子都已上锁。

我承认，这个时刻的工作最能让我感到骄傲，我觉得自己好像是外省的小首饰匠，每晚泰然自若地偷藏包金的表链和手镯，但埃里克，五年级的中学生，上个月却因为偷拿了三千法郎而被抓，我知道他忍受不了因此而来的牢狱之灾。

哦，人们并没有对他直说他是个小偷，人们并没有，但人们让他明白他就是个小偷。

"你知道吗，有时我会想等着我的最好的结局是什么。被迫把自己的胸卡还给他们，然后安慰我女朋友和她的信用卡之梦。不再乘坐RER①列车……不用再以这种屈辱的方式接受新的一天的来临……刚刚

———————————
① 巴黎的快速铁路网交通系统。——编者注

清醒，便被抓、囚禁、压垮……所有像你一样属于逆来顺受、令人恐慌的郊区的人，所有像你一样在同一个时刻阅读免费报纸上的傻话的家伙……我向你发誓，这是最让我沮丧的事情，你瞧……他向我吐露秘密，他又求我一同参加关于他们销售的新软件为期一日的培训，是啊……真遗憾，我还是更喜欢和我女朋友待在一起……"

我们彼此微笑了一下，接着一个新的顾客进来，我们便没什么可抱怨的了。

（如果我们对这位女士摆臭脸，她会向主管投诉，然后我们就会失去自己的商务、服务和投入奖金。）

（马屁精。）

所以，好了。我把所有门都关上。

接着展示厅的灯光一一熄灭，我搭乘货梯下楼，走过只有应急灯照亮的几公里长的通道。

我只有在警报响起的时候才会快跑溜走。

我在衣帽间里寻找自己的柜子，输入密码——又要输入密码，一天中的第十次，我想是的——我换下"扬，我可以为您做些什么？"的制服坎肩，换上旧得发霉的厚呢外套，上面明明白白地写着可怜的小扬，他已经尽力了。另一处警报响起，我又开始奔跑，跑进奥斯曼大街后面的死胡同，再次发现自己身处两排垃圾桶和一位当值的驯狗师之间。

如果是带德国短尾短毛猎犬的胖子，我们就一同抽一支烟，聊聊天气、豪车、巴黎圣日耳曼球队（总的来说，是他大谈特谈，而我搭下腔而已）；如果是另一位带罗威纳犬的仁兄，我就在胡同的尽头等着放松放松。

让我害怕的不是他的工作拍档，而是他的眼神。

人们总是在想谁会阅读《侦探》杂志呢？好了，就是他，比如说，就是他……

这个家伙，比如，"莉莉，三岁，遭殴打致死，生前曾遭侵犯、折磨以及烧伤"这样的大标题，会让他兴奋，就像他说的那样。这样的标题让他血脉偾张。

这天晚上，轮到和气的家伙在，我主动上前掏出烟盒。他看上去忧心忡忡，他的母犬生的一只小狗，不是现在这只，而是另外一只，一只留在犬类暂留处不肯出来的，有一个睾丸没有出来。

我觉得这个话题很有趣，但是我没有太多的时间。

这话题一点都不古怪，甚至可以说有些悲剧性。没有睾丸，就没有纯种证书，没有纯种证书，就卖不了钱。

"也许最后能下来？"

他看起来并不相信：

"唉……也许吧……也许能吧，也许不能。看天意吧……只有老天才知道……"

可怜的安拉，我离去的时候心里这样想着，我希望他手下有人能帮他删选祈祷内容，不要让祈祷的要求一股脑地交到他手上……

二　寄生虫

美国药店的绿十字标志显示现在是晚上十点十分，室外温度零下五摄氏度。

没人在等我。梅拉妮还在为她的一门讲座课程忙得焦头烂额，现在去电影院也太晚了。

我向着最近的地铁站走去，但一会儿我就放弃了。我现在没法再待在一个封闭空间里，我会死的。

我得走走。我得走回家，我得一边时不时地脱下帽子，用手拍死寄生虫，一边穿过整个巴黎。

是的，我得受点罪，我得挨饿受冻，享受最后的一人时光，最后死死睡去。

几个月来我的睡眠一直很糟糕。我不喜欢自己的学校，我不喜欢每天的日程安排，我不喜欢自己的老师，不喜欢衣帽间的味道，不喜欢餐厅，不喜欢围着我打转的那些傻瓜。二十六岁的我，忍受着和十二岁时同样的失眠，除了二十六岁的时候情况更糟糕这一点，因为现在让自己陷入这种糟糕境地的始作俑者正是我自己。是我。我没有理由憎恨父母，我甚至不再能有假期……

我究竟做了什么？

嗯？

你究竟做了什么？

是真的，这是真的！你究竟又做了什么，傻瓜？！

我一路高声诅咒自己，因为携带着怒火的湿润气息温暖了我的鼻尖。

流浪汉几乎都藏了起来，正在靠喝酒抵御严寒的家伙们明天可能就死了，塞纳河黑黝黝的，流动缓慢，无声无息。流经新桥桥柱的时候，河水在空气中创造出一种无声的回响。它吞噬一切。它吞噬了沉重的疲惫感、破产的工薪阶层、没有才华的小伙子们的冥思苦想，还有黑夜里的无尽疑问。它能认出不稳固的河堤还有滑坡的矮墙。"来吧，"它低声怒吼着，"来吧……这里只有我……来吧……我们彼此认识好久了……"

我想象着它冰冷的触感，想象着在变得沉重之前鼓胀起来的衣物，随之而来的震惊、尖叫、手脚抽筋……所有人都想象过这一幕，不是吗？

当然。当然想象过。所有在日常生活里附近有河流流过的人，都曾经历过这种晕眩。

这一点让人安心。

思绪转变：

梅拉妮的短信："要死了，马上去睡，糟糕的时候。吻你。"最后面有个代表吻的小小符号。（一个带着两片闪烁的厚嘴唇的黄色小玩意儿。表情符号，他们这样称呼它。）

表情符号。这个名称和它本身一样庸俗不堪。我讨厌这些懒汉发明的玩意儿。他们不再表达感情，而是直接发送个符号。只要轻轻一按，世界上所有的微笑都变得一样。愉悦、怀疑、忧伤、愤怒，所有人的嘴脸都一样。所有的心动最终都简化为五个丑陋的圈圈。

该死，所谓的进步……

"晚安，"我回复她说，"我吻你。"

这样写不就好一些吗，嗯？

没有。也没有好一些。总之，这也不过是由三个字组成的吻……然后省文撇①还挺好看的……

---

① 在法语拼读规则中，某些以元音字母结尾的单音节词，如果后面遇上以元音为首的词，省去该单音节词末元音字母，这种现象叫省音现象；省去的元音字母用（'）代替，（'）在法语中称为省文撇。——编者注

今天这个年代，肯输入省文撇的男生已经不多见了。他们也会想象自己溺水的情形吗？

我很害怕回答是"是的"。

我的上帝，今晚我一点都不开心。

抱歉。

现在某种东西又把我纠缠住了。这种泄气的感觉、这种蹩脚的突如其来的冲动、这种想和别人争执的需求。梅拉妮坚持认为这是天气（冬末时节，阳光匮乏，季节性抑郁）和行业萧条（此前的承诺没有一个得到兑现，丧失雄心，幻灭）的缘故。好了。为什么不是呢？

总之她的运气不错，她属于善于追根究底、寻找解决之道的那类人：蜱虫、移民选举权、达盖尔街药店关门、她父亲的缺陷还有我的忧郁症。从某种角度说，我很羡慕她。我很想也变得这么坚持自我。

我很想自己头脑中的一切都变得简单，同样简单，同样……物质化。

从不怀疑。总能找到嫌疑人、犯错误者还有罪犯本人。力排众议、一针见血、总结、评判、删节、牺牲，以及坚信我那带有存在主义色彩的矫情会在春天来临的时候随着工资单上上涨的两百欧元而彻底烟消云散。

唉，对这一点我可从不相信。

到六月的时候我就二十七岁了，我没法知道自己是不是还年轻，或者我已经老了。我没法在门楣上确定自己的位置。这份工作，太模糊太难把握。往远里说，这好像是个年轻人，往近里说，又好像是个老家伙。一个扮成中学生的老家伙：同样虚伪的天真、同样款式的匡威球鞋、同样的牛仔裤、同样的发型还有同样的背包里装的恰克·帕拉尼克①同样的小说。

一个分裂的人。一个鬼鬼祟祟的人。一个二十一世纪初的年轻人，生在一个富裕的国度，由爱意满满的父母抚养长大，一个什么都不缺的小男孩：亲吻、抚摸、生日蛋糕、游戏手柄、家庭多媒体室、小鼠棋子、哈利·波特、口袋妖怪卡片、游戏王卡片、魔术卡片、仓鼠、备用仓鼠、无限畅打手机套餐、英国旅行、流行毛衣外套，以及所有剩下的一切，但不仅限于此。

不仅限于此……

一个生在二十世纪末的小男孩，不断有人告诫他说现在他已经到了该把糖纸扔进垃圾箱的年纪，不然大自然会因他的失误而受苦，森林会因为他吃的巧克力小面包里的棕榈油而消失，两极冰山会因为他妈妈发动家庭轿车而消融，野生动物正在灭亡，以及如果每次刷牙的时候不关上水龙头，那么，一切都会因为他而变得糟糕。

接着是一个好奇和善的小学生，他的历史教材用他生来是白种人、

---

① 美国越界小说家和自由记者。他以 1996 年发表的小说《搏击俱乐部》闻名。——编者注

是贪婪的、有殖民情结、生性懒惰、喜欢告密和参与密谋这样的说辞，
让他泄气，而他的地理教材又——年复一年地——不断反反复复地向他
灌输世界人口、工业化、荒漠化、空气水资源石油能源可耕种土地面积
的匮乏已经达到警戒数值。不用提那些让他彻底厌恶阅读、把一切都搞
糟的法语教材——找出并划出波德莱尔①这首诗歌中表达感觉的词汇，
巨响、终点、所有人一同溃散——不用提那些年复一年让你回想起你多
贵的该死的语言教材，也不用提那些摆出一副集大成者面貌，绝不可改
变的哲学教材：

　　"嘿，你，小个子不起眼的白种人，没精打采地扎着绑带，你那发
霉的口音逗得大家哄堂大笑，请你从你的文化传统里找到并指出表示糟
糕的词汇。你有四小时的时间。"

　　（喂，喂，喂，你的草稿……在黄色的垃圾桶里。）

　　当这份可能的、引人焦虑的临终圣餐最后被用完、被消化、被吸
收，在不同的考试试卷里被重复，在高中会考通过率的统计数据里被汇
报时，我可以补充一句告诉你，几年的学习时间不过是让你在通过成功
的窄门时不会膨胀得太快。

　　而你，大傻瓜，你做了所有该做的事：复习、考试、学位、实习。
　　没有薪水的实习、没有报酬的实习、没有经济回报的实习、仅仅

----

①　法国十九世纪最著名的现代派诗人，象征派诗歌先驱，代表作有《恶之花》。——编
者注

为了光荣和荣誉的实习。还有简历。贴着讨人喜欢的照片的简历。纸质简历、在线简历、视频简历、你想要的简历、那些简历、随便什么简历。还有动机信、动机邮件、动机视频和……所有这些由花言巧语组成、傻透了的东西，你甚至不太知道究竟是什么让你不再相信这一切，让你如此压抑，让你必须早早地艰难奋斗才能获取和他人一样参与社会的权利。

但是你没有放弃。你英勇地继续走下去：招聘活动、招聘沙龙、招聘市集、猎头、小广告、急聘、申请账户密码、赠送流量的套餐、白欢喜一场、预知会失败的面试、就连做梦都不会评论你的Facebook用户、你教父的姐夫会和他狮子会的朋友聊聊、亲爱的前男友们，你知道我总是不太知道该拿你这副样子怎么办，事实上你父亲名下没有一家工厂？代理职位、不得不走的后门、没走成的后门、走烂了的后门、收费越来越贵的招聘网站、越来越不优雅的人力资源部助理……是的，你总是不必担心，你这一生从未往地上扔过一张纸，你从未把脚搁在对面的座位上，就算是夜深时分，就算是精疲力竭，就算是整个车厢空无一人，你获得学位的时候从未麻烦过任何人，除了嘿……就是运气不好，不说了。没有，没有给你的工作。

哦，没有，没有工作给你。他们这么对你说的，你确定吗？我不相信……你该和你左手边的姑娘聊聊……

喔，我的小伙子！醒醒吧！现在是危机年份！

所以，多打探点消息，少学点技艺，你会少浪费点时间的！

　　什么消息？你没明白？等着，别动，小家伙，我们来替你总结一下现实情况吧！

　　你很年轻，你是欧洲居民，而且你人也不错！

　　好了，你会找到一份高薪的工作的，我的朋友！

　　人们反反复复向你灌输你的国家已经负债成千上万亿美元，你的货币不值一文，如果你不会说汉语，试都不用试，卡塔尔正打算收购我们这里的一切。欧洲已经结束了，西方已经完蛋了，整个地球都没希望了。

　　好了。就是这样。

　　有面包和玩乐足矣。就是这样。我们就是这样。

　　相信我，小伙子，你只需要看看足球比赛，等着世界末日来临即可……

　　来吧。快来吧，人们对你说道。乘坐阿联酋航空，然后闭嘴。

　　所以别再像这样挣扎了。求你别再点击鼠标、打电话、到处提交申请。这会破坏臭氧层的。

※　※　※

　　我的双脚没有了知觉。站在圣米歇尔大街的一头，靠近卢森堡公园的地方，成对的条子正在等着把疲劳至极、三心二意的汽车司机一网打尽。

　　我低着头，把鼻子埋在围巾里，我从他们身边经过的时候，听到他们正在要一个穿蓝色羽绒衣的女士出示证件。我不知道是寒冷的缘故，或是光线的问题，她的表情看起来有点冻僵的样子。她神经质地在包里寻找证件，随手让一个钥匙包掉在地上。车厢后排，一个婴儿正睡在一个婴儿座椅里。她不应开得那么快，因为她的车是一辆老款的Mini。过时的款式。由亚力克·依斯哥尼[①]先生设计的款式。这款纯粹的奇迹。

────────────

① 工程师，汽车设计业的奇才，被称为"Mini之父"。——编者注

我听见她说：

"请等一下，不……得开着暖气……"

"请您，"小个子的警察回答她说，"请您立即熄火。不会耽搁您太久的。"

我继续漫无目的地继续着我的路程。

这个国家，究竟是什么？

在这座民主的牢房里，国家机器除了坚持不懈地为最无害的公民安排陷阱，还会做什么好事？它的存在究竟有什么意义？

是想告诉我们牢房已经空闲到这个地步了吗？

算什么，这些干这活儿的家伙究竟算什么？收了报酬，特意选在二月的一个周二午夜，刁难一个女人，借口她闯红灯或是后备厢盖没有关紧？嗯？这算什么？车里有个吃奶的小娃娃，他们却要求她在室外温度零下六摄氏度的情况下熄火，他们的脑袋里究竟在想什么？

做公务员，就这么有优越感吗？

还有你，老实说，你算什么？受尽侮辱的小可怜虫，不停地向我们灌输长篇大论的说教，却没有能力维护一位漂亮的母亲。还是一个开Mini 1000的姑娘。嗯，你和我们说说：这个女人，是谁呢？

你也是，你也有一个睾丸没出来吗？

或者是因为她冻僵了，那么……

思绪转变：

在设计Mini车之前，依斯哥尼已经设计出了老爷车Morris Minor和奥斯汀1100。

不错……

大老板威廉姆·莫里斯[①]第一次看到Minor的时候，被吓坏了。上帝啊，他说，一只水煮荷包蛋。一只水煮蛋。

Minor车取得了巨大的成功。

然而，依斯哥尼相信他自己永远拿不到他那该死的机械工程师学位，因为数学的缘故他接连失败了三次。是那幅设计图挽救了他。在设计领域，他是王子。至于规则、公理、数学还有物理法则则让他昏昏欲睡，更有甚者，在他看来它们是每一个真正搞创造的设计师的天敌，所有真正需要灵感的人的最大敌人。同样地，他彻底无视商业政策、预算、商业计划、市场研究还有现代市场雏形的所有研究。他的脾气很糟糕。

他坚持认为要设计出一辆新的汽车，必须遵循的首要原则是不得复制流行潮流。他得独立、自由、固执，别对办公室里搞出来的头脑

---

① 汽车工业家，于1910年成立了莫里斯汽车公司。——编者注

风暴抱有太大信任。据说他曾说过以下名言：团队创造的马匹就是一只骆驼。

　　这一切我都知道，因为我曾随学校（我亲爱的、相较于我父母那微薄积蓄收费不菲的高等教育院校，严格地说直到我和你们交谈的此刻，它对我从未有过任何帮助）参观过伦敦设计博物馆。

　　哇哦，这么棒的回忆……

　　好了……我刚刚说到……那天天气非常寒冷，就连丹费尔-罗什洛广场上的狮子雕像似乎也在底座上蜷缩起来，好像一只蜷缩着身体的硕大公猫。

　　我选择了这条路，因为我也做设计，而且我的数学还很好，希望亚力克先生不要生气。总之……不要强求……尤其对知名院校不要要求太多……我还有好奇心……我对艺术、历史、艺术史、装饰艺术、技术、工业世界、工业技术、人类工程学、形态学、事物、人类、家具、时尚、纺织、印刷术、书法等都抱有好奇心……事实上我对一切都抱有好奇心。对一切好奇，始终好奇，无时无刻不好奇。唯一的关键是我缺少天赋。不，不，我说真的。我自己也知道这一点。缺少天赋，完全没有受过系统训练，不足以骄傲或是拥有创造其他事物的天赋。学校至少在这一点上帮助了我：让我认识自己，让我看到自己和吉奥·庞蒂①或是乔纳森·保罗·艾夫②有着天壤之别，举个例子来说。（我知道的，我知道的……说苹果公司的设计师好话看起来过时，但我宁愿被别人这样认为，因为我一直以最卑微的姿态对他怀有最虔诚的敬意，我喜欢他的设计。）

我本应该去拿一个档案管理专业的学位，然后去法国国立工艺学院图书馆或是巴黎国立高等工业设计学院图书馆谋一个职位，我本应该过得很快活的。我唯一的才能，是承认他者的才能。

经过数不尽的应聘面试，一位主试官向我指出了我的这一弱点：

"总之，年轻人，你是个业余的。"

该死。

这很严重吗？

显然，我本应该向着一个不那么残酷的行业努力的（因为我们都知道：在设计领域，要不你就是一个异能者，要不你就是个彻底没用的家伙。我愿意输掉所有的战争，但我不愿输掉我的理想），我说的是，不那么残酷的行业，更适合我那业余爱好者身份的行业，唉，适合真正的糊涂虫的领域，而这正是我所害怕的——如果我听从自己的天性——我害怕自己找不到工作。

_____

① 意大利著名建筑师和设计师。——编者注
② 工业设计师，曾参与设计了 iPod、iMac、iPhone、iPad 等众多苹果产品。——编者注

哈哈！扬努……因为他可能对自己的生活做了太多规范化的要求……

往远里说，就好像是一只骆驼。

布拉尔街的街头。我身体热起来了。这样也更好些，因为我有点流清鼻涕的征兆，那样的话……

我刚刚说到哪里了？啊，是的……我的命运。

所以说，这一天要想简言之，就是我拿到了一所设计学校的文凭，我是……呃……该怎么说呢……操作示范员，是的，就是这样，我是韩国产家用小机器人的操作示范员，该产品集游戏与家务功能于一体，满足中产家庭的需求。

猎犬小吸尘器在清理完所有灰尘之后，便会回到基座上，发光面板能根据扬声器播放的不同音乐，创造出不同的氛围，淋浴喷头同时也具有星际广播的数码功能，智能冰箱每次识别出你的声音时便会提醒你冰箱内部的状况：仓储状况、过期时间、食物的卡路里值、食物的相似性、烹调食材的艺术，以及一切的一切。

嘿，这很棒，是吗？

吉奥·庞蒂也会惊呆了的。

我拿到一份临时工作的工作合同（是的，临时合同、唯一的指环、黑莲花、圣杯。Hanenim Kamsa hamnida——感谢上帝的韩语），一家向惊呆了的老欧洲介绍自己旗下令人难以置信的高科技产品的公司。

简言之，我是达缇永公司的销售代表。

但是，请注意，这是临时的，嗯?

当然了，是这样的，是这样的……

好了……你去睡吧，小迈克……

我不但没有杀死寄生虫，反而把它们惹恼了。

真是个傻瓜。

输入今天的最后一个密码，我用一块纸板垫平了车道大门，免得它砰砰作响，接着我对大厅的大门也同样如法炮制。

只是如果，我叹了口气，只是如果街区冻僵了的那个唯一的流浪汉能在这会儿来我这里暖暖身子，我承认，这能大大满足我的虚荣心。

我快步跑上二层楼，就怕把大脚趾卡在楼梯缝隙里，我剥了一只香蕉，把它浸在伏特加里，我将这点燃生命之水一饮而尽，然后我可以安息了。

三　霞穆尼

今天我结束得要比往常早一些，但我仍旧是一个人。梅拉妮要周四才回来。

我刚刚接到她的电话：酒店比想象的糟糕，SPA中心已经关门，她的团队特别无聊。

好……

（她是医学访问学生，雇用她的实验室定期组织讲座活动，帮助他们，帮助他们所有人克服心理障碍。）

"你会去买东西吧，嗯？"

当然了。我当然会去买点东西……我承担这项工作已经两年了，今晚我还不打算颠覆我们的情侣生活模式……

"还有别忘了带上会员卡。上次我算了一下，你至少让我们浪费了六十个积分。"

梅拉妮是个警觉的消费主义者。六十个积分，太过分了。

"不，不会的。我没有忘记。好啦，今天就到这里吧，我得把我的小鲁鲁搬出来了……"

"你说什么？"

"我的小吸尘器。"

"啊……"

每当她发出"啊"这样的声音时，我便猜想她究竟在想些什么。她真的受够了？她会和她的同事们聊起我吗？她会和他们说：我啊，我的男朋友，他是卖各种颜色的吸尘器的？

我对此深表怀疑。她以为自己遇到的是斯塔克①那样的全能设计师，结果却是用鼠标右键点开的尤巴迪网上商城，这让人害怕。再说我怀疑她认为我一直把时间花在制作精美的小玩意儿上。要是她知道……骗人买抗凝剂比骗人买一台每次进厨房就惹你生气的电冰箱简单多了……好了，跳过这段。我收工的时候还早，但我不打算去平价超市浪费时间，因为我发现大动作电影院轮映西德尼·吕美特②的作品，《一事无成》只有今晚九点的场次。

①　产品设计师，室内设计师。他以其具有超前的时尚意识的设计而在二十世纪八十年代的设计界中占据着超级明星的位置。——编者注
②　美国著名导演。——编者注

感谢生活。

在十五岁的时候，差不多就是里弗·菲尼克斯出演达尼·波普一角的年纪，我和我表兄看过这部电影（很可能是在这同一家影院）。我看完之后深受感动，走出电影院的时候一不留神被一辆公共汽车轧了过去。千真万确。十个脚趾被轧断了四个。

不用说，一想到能再次看到这部影片就让我激动得心怦怦直跳，因为这是一个梅拉妮不知道的秘密，我也在以我自己的方式积攒积分。

我决定先回趟家换衣服，吃点东西，再租辆公共自行车。

（电影散场的时候骑自行车最合适不过：车灯仿佛放映机，一幕幕美妙的画面在黑夜里浮现。）

我一手拿着吃了一半的法棍，一手拿着无关紧要的信件，上楼的时候猛地撞到一件家具。某种蓝色树脂涂层的橱柜。这件橱柜摆得歪歪斜斜，正好堵住了我的去路。我不是独臂人，就先放下手上的东西，来搬动柜子。正当我搬得起劲的时候，我听到一个尖嗓子的小姑娘声音说：

"妈妈！妈妈！有位先生被卡住了！"

接着是一个沉稳的中音说道：

"你听到了吗，伊萨？你听到你女儿刚刚说了什么？快点过来做点什么！"

最后是熊爸爸低沉的嗓音：

"啊！女人们啊！啊！女人们啊！你是想要我去死吗？是这样吗？

你想要我被这个可怕的玩意儿活活压死，然后就能继承我的家产了吗？你别想！永远别想，你听到了吗？我永远不会把爷爷的珍本留给你的！"（接着他换了个稍微柔和点的声音说）"对不起，邻居先生，对不起……您能出来吗？"

我抬起头，看到五楼的楼梯扶手转角处探出一张气色红润、胡子茂密的脸庞，而在栏杆之间闪烁的两个小巧的金耳环，有人正面色凝重地打量着我。

"别担心。"我回答他说。

他向我挥了挥手，我走远之后小心翼翼地转动钥匙，想要听到刚刚那一幕的结尾。

"好啦，来吧，小家伙们……你们要着凉了。"

但熊妈妈却没有听到这句：

"那汉斯呢？"

"汉斯是个傻瓜。我们在二楼的时候意见不合，他就把我一个人和你那该死的柜子扔在了三楼。好了，如果你想都想知道的话，就是这样！汉斯——是——个——傻瓜！（他一顿一顿地大声喊着，嗓门之大足够整栋楼的人都听见）。好啦，小丫头们，现在快回来吧，不然我就把你们关在你们的母亲花了两百欧元从一个强盗手里买来的烂柜子里。古董，古董，我才不管你什么古董呢，我啊……快点，小姑娘们！你们的老爷饿啦！"

"那么，我的朋友，让我们达成共识吧：只要我那漂亮的碗柜一天摆在楼梯上，你就没有晚饭吃。"

"好极了，我亲爱的夫人！好极了！既然是这样，那我就把你的女儿给吃了！"

那位先生像恶魔一般怒吼着，刺耳的尖叫声回响在整个楼梯间。

我惊讶地转过身：具有魔力的蜡烛迸出火星……

他们家的门砰的一声关上，现在我没有半点欲望回家了。

我向土耳其烤肉店走去。

※　※　※

　　我迷迷糊糊地走下楼。

　　那位女主人，我在早晨遇到过她一两次，每次都是她送女儿们去学校的时候。每次她都是头发蓬乱、衣冠不整并且彬彬有礼的。梅拉妮因为她总是随意地把推车停在大厅里而发脾气。一个装满玩具、印章、沙子和碎屑的推车。每次在台阶下面看到整箱的瓶装水或是牛奶，我便把它们搬到我们这一层楼梯的前几级上，这样他们至少可以少走一大半的路。

　　每次遇到这种情况，梅拉妮便抬眼看了看天：在销售代表之外，还做搬运工，这也太过了。

　　某一天，五楼的那位母亲一阵风似的跑过来感谢我，她声情并茂地感谢我的举手之劳，我请她不必介意，我向她承认自己曾偷偷拿过她忘在推车里的一两块霞穆尼饼干。等她走远了我听到她爽朗的笑声，第二天我的门垫上摆着一整盒霞穆尼。

我没有把这件事告诉梅拉妮。

那位丈夫，今天我是第一次看到他的模样，不过我好像曾在深夜里听到过他的脚步声。我知道他订阅了八卦杂志，因为它们总是从他的信箱缝里露出一角。我还知道他开一辆奔驰轿车，因为同样的杂志通过车前窗也看得到。

一天早晨，我看到他从风挡玻璃上取下一张违章罚单，拿它捡起一块狗屎，然后把它们一起扔进沟里。

这就是我知道他们俩所有的情况。应该说我们不在那里也很久了……

爷爷的珍本书……我舒心地微笑起来。

他们两夫妻的争吵很有趣。事实上他们是用林荫道戏剧①的夸张表演方式相互指责，或者应该说是以演轻歌剧的模式。是的，以演轻歌剧的模式。做丈夫的，与其说是在大喊大叫，不如说是在愤怒地斥责——女人们！古董！古董！（突出古董）好极了，我亲爱的夫人！——他的

---

① 在巴黎旧城两条林荫道附近上演的各种各样的戏剧，这些戏剧以消遣、赢利为目的，常以歌舞喜剧、情节喜剧等噱头为代表，十九世纪兴盛，如今已成庸俗无聊的商业戏剧之代名词。——编者注

剧本台词至今仍回响在我耳边。

　　我扶着楼梯扶手微笑起来。

　　我在黑暗里微笑起来，感应灯的开关不太敏感，再说我也很喜欢在黑暗里回味这份上天赐予我的礼物：以奥芬巴赫①的方式呈现的一段巴黎生活。

　　我没有走到外面，一阵寒冷的狂风让我回忆起这一切。

　　上帝知道我贪恋闲适的生活。我转过身，跑上楼去。

---

① 法国作曲家、古典轻歌剧创始人之一。——编者注

四　侯爵夫人

"打扰到您了，是吗？"

他不再哼着曲子。他的身体几乎和门框一样宽大，他穿着一件格子背心、一件条纹衬衫，戴一个圆点领结，全身羊毛、棉和丝绸的颜色正好可以凑成彩虹的颜色。我不知道这是否是他女儿的杰作，花花绿绿的背心或是留着的大胡子，但他的模样让我想起《四个婚礼和一个葬礼》[①]里的那个凶狠角色加里斯。他的女儿们刚刚曾以同样焦虑的面孔凝视着我，但是有点做作的表情。能感觉到这些小丫头对戏剧性的生活有着特殊的爱好，她们脸上流露出的凝重表情也属于表演的一部分：她们还想要更多的。

---

① 英国出品的一部爱情轻喜剧影片。——编者注

"不，不，绝不是这样的！我是在想也许我可以帮您把它搬到您……"

没等我说完，他便转身大吼道：

"艾丽斯！我终于知道你的情人是谁了？还是个很帅的小伙子呢……我为你感到自豪，我的爱人！"

"等等……究竟……你究竟在说什么？"不忠的妻子叽叽喳喳地说道。

艾丽斯来了。
艾丽斯出现了。

我不知道这两种表达方法哪种更符合我想表达的效果。楼上的女邻居、推着推车的妈妈、饼干碎屑和大瓶瓶装奶的播种者走过来了。她认出了我，冲我微笑了一下。如果她在凝望着我的眼睛微微一笑的同时，没有把身体的重量压在丈夫肩上（她比她丈夫高多了），没有不经意间用手臂揽住这个男人的脖子，我很可能直接爱上了她。唉，但现在有了这个细节，有了这"不经意"间的动作，我们之间可能的巨大幸福便被破坏了。但她的美丽和性感也正在于此。正是这份温柔、这份信任、这份让她紧紧靠着他的天性，即使是在这里，即使是在门外，即使手上还拿着一个手电筒，即使没什么要紧的事，也自然流露出的气质。接着说……正是因为她喜爱那个小男人的蹩脚戏法（这一点能感觉到），而那个小男人也爱着她（这一点也很明显），他一定给予了她很多的爱，才能让她以这样单纯的神情点燃我的激情。

嘿，嘿，嘿，小妈妈……天好热。

当然，在当时那个时刻，我的思绪过于混乱，无法分析自己此刻明白的情况，我只是为自己能够再次为她提供帮助而感到高兴。

"哦，谢谢！你太好了！"她兴高采烈地马上开始提起她丈夫的外衣，好像那是件缎子斗篷。

既具有一定的仪式感，但又稍微将它向后推了推。

很有点《欢乐满人间》[1]和《洛奇》[2]的味道。

他咒骂了一句，解下袖扣交给一个女儿，然后把他的领结交给另一个女儿，接着他卷起衬衣袖子（那是一件细棉衬衣，让人很想有抚摸的欲望），朝我转过身。

他的身材胖鼓鼓的，好像一个瓶塞，或是米其卡小熊的模样，当他一手牵着一个小丫头走下楼梯的时候，我在脑海中开始规划一会儿的工作安排，他的位置应该是在柜子前好，还是柜子后面好。

前面。

---

[1]　美国迪士尼影业出品发行的影片。——编者注
[2]　由约翰·G.艾维尔森执导，西尔维斯特·史泰龙、塔莉娅·夏尔等主演的剧情片，于1976年11月21日在美国首映。——编者注

柜子没有那么沉，但很显然，它也不轻，而它的粉丝们正兴高采烈地跳着。

每走一步，他便破口大骂一句妙不可言的粗口：以我屁股上神圣的乳房之名！下流的命运！成千上万车厢的开花鸡巴！该死的婊子门闩！曼特侬夫人①洗屁股的盆！晕黑绿帽丈夫的祭坛！天上的垃圾！涂蓝色树脂的下流东西！我省略了其余的一些，最好得先把它们加工一下……

他每骂一句，他的女儿们便举手向天，更大声地斥责他：

"爸爸！"

我喊着号子，把所有工作都包了下来，个人的成就感得到很大的满足。

她们长大之后这样的童年会给她们带来怎样的影响呢？我心里想着。无聊的生活或是对节日的喜爱？神经质的发作或是无缘无故的生气？

上帝才知道我是不是爱自己的父母，他们讲究、安静、谨慎，但要是他们能以更多的爱意将这个秘密告诉我，我又会是多么喜欢……我会喜欢楼道里的幸福，喜欢不必害怕。害怕发出噪声，害怕幸福，害怕打扰邻居，害怕全心全意地诅咒神圣的肠子。

害怕生命，害怕未来，害怕危机，害怕中国制造的魔盒，我们还没

---

① 法国国王路易十四的第二个妻子。她美貌绝伦，有同情心。——编者注

有变成更胆小的老傻瓜，他们不断地用魔盒打击我们，这样自己可以独
吞所有财富。

是的，也许未来有一天她们会失望泄气，也许她们过早地太快地吃
上白面包，也许她们已经感觉自己被这位万能的小爸爸给压垮，但与此
同时……与此同时……她们会留下怎样美好的回忆啊……

四楼的住户里，有位好奇的老太太把门开了一条缝。

"比佐太太！好啦！好了，您终于来了，比佐太太！"他高声喊道，
"勒维坦公司为您送来您在一九六四年四月向我们订购的小橱柜'蓝色
公爵夫人'！请看它多漂亮……对不起，对不起，请您动一下，比佐太
太，请您动一下……所以？您希望我们把它放在哪儿？"

她有些慌乱。我大笑起来。我边笑边把那件笨重的家具靠在墙上，
因为那位笨拙的丈夫总是无意间压到我。

"放下吧，"最后我不得不直接把橱柜背在自己身上，"我一个人来
搬它，这样还快一些。"

"哦……哦，浑蛋……您是想在我妻子面前出风头，是吗？先生想
要献出他的真心呢？花花公子，装腔作势，你……你……你也想要露一
手，对吗？"

他还没有念完自己的独白，我便已经把橱柜搬到他家门前。

五　微波炉

我按照那位美丽夫人的要求安放柜子，他则重新穿戴起来，包括他的领结。

"走这边……放在厨房里……就在窗户边上……它真美啊！我太高兴了！它就好像是从画册里剪下来的，不是吗？从《玛尔蒂尼做煎饼》里剪下来的。现在就缺一个大胖小子了！"

等我直起腰的时候，他已经站在我身后，面色严肃地向我伸出了手：

"我叫伊萨。伊萨克·莫伊兹……和那位埃及的先知一样。"

我强忍住笑意，但他的表情非常严肃。也许这是他标记一个新时代开始的方式：粗俗的玩笑之后，是男人间友谊的开始。

"我叫扬，"我回看了他一眼回答说，"扬·卡尔卡尔克。"

"你是布列塔尼^①人？"

"是的。"

"欢迎回家，扬。我该请您喝点什么，感谢您刚刚让艾丽斯很开心！"

"什么都不用，谢谢您。我得去电影院了。"

他的手上已经拿着一个开瓶器，我的拒绝让他的动作僵住了。更糟糕的是，我的拒绝打乱了他的计划。

艾丽斯亲切地冲我笑了笑。她会原谅我刚刚的鲁莽行为的……而两个孩子则相反，她们向我投来绝望的可怕眼神：那……那……下不为例？

微波炉的时间显示是晚上八点三十七分。如果一路跑进地铁，我还有点时间。是的，但……但现在是冬天……而且我饿得很……又很累……我快饿死累死了……我可以让自己小小地奢侈一下吗？

我那喜欢训练吸尘器的可怜小脑瓜打结了：我在刚刚过去的这十分钟内得到的乐趣，比过去的十个月都多——我说"月"，是因为我有自己的骄傲——让我那么想去看这部电影的理由，诸如智慧、幽默、人性等，我感觉到自己已经得到了。

是的，但是它没有……

---

① 法国西部的一个地区。——编者注

“扬，您不应该想太多的，我的朋友，这会让你变傻。”

八点三十八分。我微笑起来。

他疑惑地噘着嘴，放下自己正在打量的红酒瓶，我们一同下了楼。

我在回来的时候顺便回了一趟自己家，为了换件衬衣（为了艾丽斯），还有拿上手机（为了梅拉妮），顺手再从我的库存里为两位小姑娘拿上两样傻兮兮的样品。（一个当你找不到它的时候、能越来越大声地不断叫你名字的钥匙圈——要是没人及时帮你找到它，那么你最后找到它的时候恨不得愤怒地把它直接砸在墙上。）（计划好的淘汰，他们是这样称呼它的。）

嘿，嘿……回头得换她们的爸爸泄气了……

六　嘈杂

有人会说："这就是细节。"当然，当然了……可是，你们知道的，不需要上设计院校的课我们也能知道细节的重要性。最动人的细节并不显而易见，是目光寻找到细节，剩下的……

剩下的就不那么重要了。

今晚接受邻居的邀请陪他一起喝一杯，不用什么理由，我不是因为他言谈中流露出和外表打扮如出一辙的优越感，不是因为外边天寒地冻而他掌心温暖，更不是因为，对此我毫不怀疑，孤身一人站在外面吃土耳其烤肉馍的凄凉光景，或是清理衣物内寄生虫的工作。不，真正让我决定接受他的邀请的，是他那句："您让艾丽斯如此开心，我该做点什么来感谢您呢？"他没有说"您让我的妻子如此开心"。

　　就在两分钟前，他还在楼道里上演一出震耳欲聋的独幕单人短剧，现在他妻子的名字无比自然地又回到他口中，这让我看呆了。

　　这是一处细节，我可以告诉你们。

　　正巧我对此很敏感。

　　另外一个细节：

　　等我回来的时候，他的孩子们已经坐在餐桌边。厨房里嘈杂得很，乱翻了天，我一度认为自己正踩在铺满意大利贝壳面的地上。

　　"请您在客厅里坐一下，那里安静一些，等她们吃完，我就来陪您。"女主人向我提议道。

　　"嘿，"丈夫递给妻子一杯刚刚专注地斟满、嗅过并尝过的葡萄酒，一小杯皮埃罗葡萄酒，"告诉我你觉得怎样……来吧，小丫头们，快点吃完，因为坐在这里的这位扬先生告诉我他……（一脸神神秘秘的样子，双眼闪烁着寻欢作乐的光彩，压低声音窃窃私语）为你们准备了一份小礼物……"

　　小姑娘之间的嬉笑声，差不多就是这个样子。

　　我们在两位刚刚被这个消息安抚的碎嘴小丫头头上碰杯，尽管这份礼物（大叹一口气）应该是"相当微薄的"，因为我"没有票子"。（这是我第一次离孩子们这么近，我原不知道她们会有这样的推理能力。）

　　艾丽斯站在水槽前，微笑着看着我，而她的丈夫背靠着墙坐在一个凳子上，一边为他的女儿们剥橘子，一边就我的生活提出一大堆问题。

　　我一半的故事迷惑了他们（"您也喜欢圆点的东西吗？"她打趣地问道，"您的吸尘器是不是也是圆点图案的？"），而另一半的时候则答应他们：我也是……我也是，以后我要是有了另一半，一定会和他一样的。我不会把妻子一人留在厨房看孩子的。我不会和我认识的所有男人都一样，只和男人待在一起，一人在客厅独善其身。

　　这是第二处细节。

　　"您在想什么呢，扬？您看起来像在做白日梦……"
　　"没有，没有……没有什么。"
　　我什么都没想，我只是刚刚想起我也是有另一半的。

　　葡萄酒让我醉了。从早晨开始我就空着肚子，我感觉很好。一点醉意，一点开怀，一点被掏空的感觉。
　　我看着，我观察着，我提出问题，我学习着。好奇者、档案管理员、一无是处的门外汉，我完全不在乎。

　　……褪色的金鱼，发蔫的植物，我拿着喝酒的精美玻璃杯，拿破仑三世时期的椅子，从英国某所寄宿学校的食堂抢救出来的大餐桌，两个世纪以来在锡制餐具叮叮当当的协奏曲和盘子的摩擦之下变得漆黑光滑的乌木桌面——桌面上一连串凹进去的浅坑便是最好的证明，跨坐在一摞拍卖行图册上的小丫头们，状如垂柳、淌着黄褐色烛泪的蜡烛台，保尔·亨宁森①式的吊灯，吊灯古雅的金属光泽以及破碎的花饰（鳞饰？），购物单，拆除画框的画布，被遗忘的小主人们，由一位模仿夏尔丹②不成的画家画的一块彻底失败的面包以及所有这些打包出售的、被人抛弃、遗忘、丢失的风景画，是伊萨拯救它们并让它们重见光明。

更晚近的绘画作品、版画、非常漂亮的粉笔画，还有孩子们在冰箱门上的涂鸦：一个古铜色的月亮、圆形的心脏以及手臂不成比例的公主。

未被内政部接受的证件照。没有照到人或是只在右下角露出妻子耳朵的一半，也许……学校线路图、游泳池开放时间还有驱虫安排。茶壶、古董碗、茶叶罐。铸铁、粗陶、柳条和木器。漆器和小小的竹鞭。艾丽斯很热衷于收藏陶瓷。乐烧、灰瓷、青瓷、铜蓝瓷器和陶器。

她教我识别不同的釉色（透明玻璃状的涂层，一种在烧制时赋予透明淡色。总之，我觉得……她说得很快。我也快被烤熟了，我也快喝醉了！），在日本，釉色颇具乡村风格，因为它强调自然优于人工（由大地、风、阳光、水、木材或者还有火之灵决定了器物的不对称或是不规则），并将这一特点作为完美的象征。而中国碗则因它们的高度合制以及惊人的光滑触感而闻名。

汝窑、钧窑、龙泉窑。这个"碗口如此细腻"的碗，这种"柔和的"釉层，还有这个"兔毫"盏。宋代的耀目光华以及倾听附着在出口

---

① 丹麦著名设计师。他是世界上第一位强调科学、人性化照明的设计师，早在二十世纪二十年代他就提出了要提供一种无眩光的光线，并创造出舒适的氛围。——编者注
② 法国画家。法国十八世纪市民艺术的杰出代表。——编者注

瓷器之上的中国文明之声的幸福感。

　　钟摆停止的挂钟、果酱罐和一袋麦片之间摆在架子上的鸟头骨、一幅雅克·亨利·拉蒂格①的摄影作品、这位在差不多一百年前摔倒又笑着露出衬裙的小姐。展览信息、开幕式邀请函、擅长营销的画廊老板寄来的问候卡片。"显然，伊萨卖旧货赚来的钱，我把它们转交给活着的艺术家们！"粉红色的大蒜瓣、埃斯珀莱特②的辣椒、大肚子的木瓜、干瘪的石榴、摆在小银杯里的醋姜、胡椒、柬埔寨香料、新鲜薄荷、芫荽、百里香还有木勺。

　　猫碗、它的小鱼状猫粮还有它蜿蜒地搁在我双脚之间的尾巴、快溢出来的垃圾桶、干净的拖把、弄脏的拖把、美食书、奥利维·罗尔林哲和玛彼·德·图卢兹-罗特克的食谱、忘在《下水杂碎圣经》和《法国葡萄品种大全》之间的减肥处方、加了弱音器的口琴、加勒比人跳的瑞格舞、一满筐杏仁、伊萨为我们砸碎并一一递给我们的杏仁、这种白葡萄酒在我们吃下两三个杏仁之后具有带果香的清爽口感、橘子的气味、他们的钞票、由懂行的人取下的小小的蜡烛头、倒翻的一摊橄榄油以及我们刚刚为欣赏摇曳的烛光而关掉的灯光。

　　橘子表皮的透明颗粒，小火慢炖的香味，豆蔻、洋甘菊、蜂蜜还有酱油调味收出的肉汁香气，弯腰重点一根赌气熄灭的蜡烛时凑近两个小丫头的头顶闻到的洋甘菊气味……

　　艾丽斯戴的耳环上坠着两颗晶莹剔透的宝石，她那精巧的古董表，

---

①　法国摄影家。是法国第一位在生前将自己的全部作品捐给国家的知名艺术家。——编者注
②　法国城市，以盛产红辣椒闻名。——编者注

她慵懒的发髻还有脖子后面露出的大片肌肤。脖子往下一路延续着由细巧的脊椎骨构成的动人山脉，平坦的胸部套着印着交织的花体字母I.M.的男装衬衫，风格粗犷的牛仔裤，她的皮带扣（简洁、锻打而成、有野性、颇有托尔各尔和阿理西娅的风格），她举杯侧脸微微一笑的模样，当她丈夫搞怪时她的笑容，还有当他让她发现居然这样也可以，后面还有更多的意想不到时，她露出的惊讶表情，她傻乎乎地扑哧一笑，一如两人第一次相遇的情形——他正向我绘声绘色地描述着那天的情形——在原先莎玛丽丹百货公司的罗西柜台，那天他正陪着他那可怜的母亲，老太太绝望地想找到一条适合自己尺寸的裤子，而她则正在研究一条换了别人一定会被逼疯的、无厘头的紧身裤，为了吸引她的注意，他学索菲亚·罗兰[1]在原声电影《穿玫瑰色紧身衣的女魔》中的样子，模仿一个魔鬼穿着上述紧身衣从试衣间里突然冒出来。

她心细如发，等到母子俩走开才厚颜无耻地继续扫货——直到此刻她才向他承认——当她走到收银台前的时候，她又是怎样临阵退缩的：她不再想挽救自己的身材，她还想和这个陪着母亲、穿浅色麻料外套、操一口圣保罗地铁站的意第绪语的小个子胖男人一起放声大笑，这位陪着母亲的意大利人阿尔多·马乔内[2]。她还想看他模仿《赤脚农妇》和《强盗爷爷》，就像他答应她的一样。她这一生中从未如此绝望迫切地想得到过什么别的东西。她到处寻找这母子俩，一直追到街上，在美吉斯利街一家喧闹的花

---

① 意大利著名女演员。——编者注
② 意大利男演员。——编者注

鸟店橱窗前，她气喘吁吁，脸色绯红，上气不接下气地邀请他当天晚上共进晚餐。"我的儿子，我的儿子，"老妇人不无焦虑地问道，"我们是不是有什么东西忘了付钱？""没有，妈妈，没有的事。别担心。这位小姐是来向您求亲的。""啊！你吓坏我了！"然后她挥舞着双臂，在十多只鸟儿喋喋不休的嘲弄中，心情慌乱地看着他们再次远去的身影。

我所有的感官都被打开、被取悦、被款待。让我沉醉的不是葡萄酒，而是他们。是他们两人。这种谈话方式，这种他们间的互动模式，他们彼此打断对方的话，好让我能跟上他俩聊天的节奏，使我又一次大笑起来。我喜欢这样的氛围。我觉得自己好像一块被放在阳光下解冻的肉。

我不记得自己有这样敏捷的口才，不记得自己是如此专注、温柔并且值得别人关注。是的，我早已忘记这种能力。或者说我从未真的掌握这种能力……

我步入老年，我青春焕发，我快活得快融化了。

当然有那么一瞬间我在心底自然地生出一个疑问。当然我寻思是否是我的到来让他们兴奋，还是他们两夫妻平时也是如此，但是很快我便有了答案：尽管我和酒精看起来像是主导者，但我们在这场谈话中并没有那么重要，我所见到的，是他们的生活，是他们的日常，是他们的惯例。我虽然是一位受欢迎并且得到款待的见证者，但充其量只是一位路过的旁观者，明天在这个厨房里，他们戏谑笑闹如常。

我从云端坠落。

我不知道原来人也可以像这样生活。我从不知道。我好像一个被富人款待的穷小子，我得承认在快活之余，我心底涌起一种忧伤，泛起一丝妒忌。一丝，是的……某种让我不舒服的感觉……我永远做不到这样，或者我从来不知道还可以这样。从不。这太难把握了。

所以，在我一面听着一面继续和他们搭话的时候，我开始欣赏他们的两个女儿手臂贴手臂，挤在一把对她们来说显然太小的雨伞下的模样。显然她们已经发觉大人们的注意力不在她们身上，而是转移到了自己身上，她们冷静地装备起来，免受冷落之苦。

她们彼此低声细语，咯咯大笑，共同生活，彼此照应。等伊萨过来为我倒完第一瓶葡萄酒最后剩下的那一点酒（他之前选了三瓶不同的葡萄酒，其中两瓶被他开瓶后很快又塞上瓶塞，放回酒窖……），他听着他妻子也许是第一千次讲述两人缘起的故事，从他的大胡子里传出咯咯的笑声。而此时两个小丫头早已离开餐桌。

所以他接受了她的邀请，花了整个晚上逗她开心，他不仅打动了她，而且让她惊讶的是，他居然让她陪他回家（回她家的话，事情就微妙多了，她家有个躲在暗处从猫眼后面偷看的候补绿帽丈夫），最后他突然告辞，临走不忘踮起脚尖吻了吻她。

"艾丽斯，我的小艾丽斯……"他用自己短短的大手紧握着她纤长的双手说道，"我想还是告诉你的为好：我们的婚事不会太顺利……我已经四十五岁了，我是个老男孩，还总和我妈妈住在一起……但请相信我，我把你介绍给她的那天，我们一定带着我们的宝宝同去，她会忙着看孩子哪里和我相像，把责备你不是犹太人的事儿抛到脑后去。"她蹲下身子，好让他亲吻自己另一边的脸颊，后来事情的发展正如当年预言的一样，只是多年以后，也就是说直到今晚，她再听到当时的情境还是乐不可支！她双手合十，嘟着下唇，为我重演了那无厘头的一幕。她模仿着她丈夫突然压低的嗓音："艾丽斯……我的小艾丽斯……我们的婚事不会太顺利……"然后忍不住笑出声。她大笑着和我们碰杯，沉浸在这段温柔的、疯狂的回忆中。

　　马德莱娜和密西娅，我在她俩研究我那件小礼物的使用方法时，知道了她们的名字，她们静静地听我说。

　　"嗯，你们按这个按钮……那个小开口，那里……等绿灯亮的时候，你们录下自己的名字。或者随便什么你们想录的话……你们想象一下你们的钥匙链真的会叫你们的名字。比如'密西娅！快来找我！'或者是'马德莱娜！我在这里'。接着，你们再次按下同一个按钮，等到你们找不到它的那天，你们就拍拍手，它就会用你们录好的话回答你们。很实用吧？"

　　"然后呢？"

　　"然后……呃……然后，我也不知道，我……然后你们先试试吧！每人都录下自己想录的内容，然后把它交给另外一个人，让她去把它藏好，回头谁先找到它，谁就赢了！"

　　（嘿，我和孩子打交道挺有一套的，不是吗？）

　　"赢了什么？"

　　"打屁屁，"她们的父亲吼道，"一顿打屁屁，还有两瓣血淋淋的屁股。"

两只小老鼠叽叽吱吱地逃走了。

我不知道我们聊天的话题为什么会转到现在的这个话题，但现在我们正在闲聊巴西五六十年代的家具制造业，卡尔达斯、滕雷罗、塞尔吉奥·罗德里格斯①诸如此类的名字。伊萨（无所不知，无人不识，语出惊人，更为难得的是他在聊天的过程中从不谈钱、投机、销售记录或是其他不断干扰针对艺术和设计的讨论的吹牛皮）把杯子和碟子递给我，我笨手笨脚地把它们在柜子里放好，突然间从走廊尽头传来带点鼻音的"鸡鸡便便"和"屁股便便"的金属音，紧接着开始传遍，传遍，传遍，传遍了整个公寓。

便便，快板，渐强，极快！

钥匙链似乎藏得很好，兴奋过度的小姑娘们花了好大工夫寻找它们。

她们拍拍手，等待回音，然后大笑着继续拍手。

艾丽斯扑哧笑出了声，因为她的女儿们和她一样爱干傻事，伊萨绝望地摇了摇头，因为作为神圣的独生子，他对整天被女人们包围这件事已经绝望，而我，我不敢相信自己的耳朵：拥有如此纤细的身躯和水晶般嗓音的如此纯洁的孩子，她们的身体里怎会储存着如此多的笑声和难以置信的反应？

①　均为巴西家居设计师。——编者注

❀　❀　❀

　　没人问我要不要留下来吃晚饭。我的意思是这个问题没人提。艾丽斯刚刚弯腰向我的方向铺开一块白色的桌布（啊啊啊……她的手掌和亚麻桌布摩擦的声音……她半开的衬衣……还有……那个……她胸衣的弧度……和……呃……哦，我的心脏……它快碎了……），伊萨在桌布上摆上三副餐具，嘴里还不停地和我说着奥斯卡·尼迈耶[①]设计的巴西利亚，他在1976年去过那里。

　　他至今还记得大教堂的体量、回音效果还有那里面没有上帝的身影，他被吓到了，在里面迷了路。伊萨找了块面包，切开它，向我描述大广场的规模，然后他问我要不要再添几个汤盆，他为我从未去过法比

---

① 拉丁美洲现代主义建筑的倡导者，被誉为"建筑界的毕加索"。曾在 1956 年至 1961 年担任巴西新首都巴西利亚的总设计师。——编者注

安上校广场①而感到遗憾，他建议有朝一日带我前去参观，顺手又为我找了块干净的餐巾。

要是不能成为他妻子的情人，我很想成为他的儿子……

"您累了，"他突然停下来说，"我讲了那么多自己的故事，一定让您头疼了，不是吗？"

"完全没有！完全没有！我很喜欢这些故事！"

要是我揉揉眼睛，并不是因为困了，而是想轻柔地擦拭它们一下。

但我错了。

我越是擦拭，流的泪水便越多。

傻瓜。

我开玩笑。我说这是葡萄酒。我说这是水手的葡萄酒，是咸的。事实证明，都怪咬噬我们灵魂的花岗岩雕像，都怪十字架、还愿物、大沼泽……阿尔摩海岸著名的乡愁……

当然，我没有骗过任何人。事实的真相是那个时刻我彻底地解冻活了过来，我生命的弹性又回来了，我得还它一点水，仅此而已。

算啦，算啦……让它过去吧。大家都经历过心情糟糕的时刻，不是

---

① 法国巴黎市区东北部第十区和第十九区交界的一个广场。——编者注

吗？这个小小的泡泡，它……这个不声不响慢慢浮现的浑蛋固执地留在那里，让你回想起你的生活并不比你本人更糟糕，你在你那些荒诞的梦想里失去了太多东西。至于说那些从未遭遇这种境况的人，那只是因为他们提早放弃了而已。或者换个好一点的说法，换个好一点也更让人舒服的说法，就是他们从未觉察到度量自我的需要……我不知道……就是自我度量、面对面地打量自我。我真羡慕他们，该死。我越往前走，越有一种感觉，我觉得几乎所有人都是像他们那样的，而我才是个真正的傻瓜。是我听着自己在落叶上撒尿的声音。

　　不过这种状态并不适合我，对此我很清楚。我不喜欢自怨自艾。当我还是个孩子的时候，我就从不抱怨什么。问题在于，我不知道自己处于人生的哪个阶段……我不是说广义的人生，而是说在我自己的人生里。我的年龄、我无用的青春、我那毫不起眼的文凭、我可怜兮兮的工资、梅拉妮的六十积分、她那在空虚中闪烁的虚假亲吻、我的父母……我不敢给他们打电话的父母亲，我那不敢给我打电话的父母亲，我那无时无刻不在的父母亲，我那只会叮嘱我要谨慎的父母亲。

　　太可怕了。

　　思绪转变：

　　我陪着圣-戈娅外婆去她儿子的坟上（我母亲的哥哥，也是家族里最后一位渔夫），她向我解释他们在他离去的声音里认出了幸福的模样。我那时候应该十岁、十一岁的样子，刚刚和一个船工大打一架，结结实实地挨了一刀，还是我自己的刀。

好啦，爱，则完全相反。爱，我们在它离去的混乱里认出它的模样。比如，对我来说，遇到一位刚刚认识、住在同一层的邻居，他友善、有趣还受过良好教育，这便足够。他在我面前摆下一个杯子、一个碟子、一个叉子和一把餐刀，就让我无力抵挡。

好像这家伙在我身体最隐秘的裂隙里投入一个硬币，一击而中，他不动声色地带着我转了一圈，手上还攥着一大把。

爱。

突然，我懂了艾丽斯。我明白了为什么那天在莎玛丽丹百货公司，当她抬头发现失去伊萨的身影，当她以为自己再也见不到他时，会如此惊慌失措。我明白了为什么她发疯似的跑出去，在街上一把拽住他。

她用力抓住他的手臂，不是想逼他转身，她只是在快跌倒前抓住了他。而这也是打动我让我流泪的原因，正是这个姿势：她找到了陆地。

"艾丽斯，我亲爱的……这个小伙子快饿死啦……"

"孩子们明天还要上学，得先让她们上床睡觉。"她说着做了个鬼脸。

远处是间歇性的平静（录音时刻）和绝对的疯狂（短裤节的捉迷藏和其他回荡在沼泽地的傻乎乎的广告口号）。

"她们可能要上学，"她纠正了自己的说法，"好吧，现在，先吃饭。我做了南瓜栗子浓汤，它应该能让我们这位英俊的布列塔尼朋友精神抖擞。"

"味如嚼蜡。"

一位天使垂头丧气地经过。

"哦，我拜托两位，我拜托两位。别这样看着我。我哪，我也有权利退步，不是吗？"

伊萨为我指了去洗手间的路，我先去洗洗手。

除了走廊尽头孩子们热闹的粉红色房间外，这个公寓的其他房间空空如也，至少我观察到的地方是这样。没有地毯，没有家具，没有灯具，没有窗帘，除了裸露的墙体，一无所有。古怪的印象。好像是这个星球上的所有生活都整个儿地浓缩在了厨房里。

"你们是准备要搬家吗？"我叠餐巾的时候顺便问道。

没有，没有，只是去度假休息一下。他们在南部有个年份很久的牧场，他们经常去那里避世，那里堆满了乱七八糟的杂物，但是这里呢，一走出厨房，根本看不出伊萨的职业留下的痕迹。

"一个房间给女儿们，一个厨房给全家，一张沙发给音乐，一张大床好做爱！"他又开始吹牛皮。

艾丽斯说这很适合他，她完全理解他，她非常欣赏他。她说他们的大床棒极了，大极了，足以横渡大西洋。

（足以横渡大西洋……这个女人天生有种撩人的魅力，但却又不留痕迹。严格地说，这很累人。——取词源上的意义。这可真伤身。）

190

✸　✸　✸

　　烛光、浓汤、面包心、里脊肉、野生大米、自制印度酸辣酱、慢慢和你体温一致的葡萄酒（它唤醒你的生命，为你卸下重负……映衬你的心情）、孩子们越来越远、越来越小的声音（在她们的母亲看来，并不意外。她们逐渐让我们把她们遗忘，因为她们相信我们遗忘了她们。有可能吗？那么小的孩子就懂得这么多？不……算了……留点幻想吧，屠夫先生……）、我们的话题、我们的笑声、我们的争论、我们的论战、我们的意见不合还有我们的彼此取笑，我早已知道自己什么都不记得了（我感觉，我已经太快活了），但是同时我也不可能忘记。不可能忘记这个对我来说具有里程碑意义的一晚，这个仿佛得到基督耶稣启示的一晚。不可能忘记他们人前人后千差万别，艾丽丝和伊萨——尽管有些令人困惑，但事实如此，这也是我在酒精和舒适造成的迷雾中唯一能确定的事，艾丽斯和伊萨已成为我的参考标准。

　　而我曾经害怕过。

　　我曾经预感这张木讷的面孔无法逾越。

　　在这场混乱中，我们天南海北地闲聊，从他的职业聊到她的舞蹈老师（是的，是这个没错……她的身材该是多么曼妙……），我们聊起迈克尔·杰克逊、卡洛琳·卡尔森①、皮娜·鲍什②、多米尼克·默西③、夏特莱广场、百老汇、叙雷讷④还有斯坦利·多南⑤（我请他递一下水、面包、胡椒、盐、黄油还有只是为了想看他的手臂曲曲伸伸而请他递来的东西），我们谈到他的母亲，她曾在古典舞剧团担任钢琴师，她这一生最光明的时刻都花在看歌剧院舞蹈班的年轻学生翩翩起舞上，去年去世时还在为没能弹好"最后一首赋格曲"而感到遗憾，我们聊到癌症、疾病、古斯塔夫·鲁西癌症研究中心⑥、中心里从未被人提起的医护人员所做的巨大贡献、被忧郁突然击垮的生命、其实并没有多好的童年时代的绿色天堂，我们径直谈到天堂、上帝、他的神迹和矛盾，谈到我今晚本该去看的电影，谈到父母为了解开孩子身上的重负

---

① 美国现代舞在法国的重要传播者。——编者注
② 德国最著名的现代舞编舞家，被誉为"德国现代舞第一夫人"。——编者注
③ 法国现代舞演员。——编者注
④ 法国西部郊区的一个公社。——编者注
⑤ 美国演员、导演兼编剧。是一位善于创作的舞蹈指导与导演，被称为"好莱坞音乐剧之王"。——编者注
⑥ 一家欧洲领先的综合性癌症研究中心。——编者注

决定不再见他的经典一幕，谈到我的父母亲，谈到我父亲满怀爱意打
理的旧车，前前后后一共使用了四十多年，他决心要用到我姐姐结婚
再换一辆，谈到我姐姐的离婚还有我的外甥女在她柔弱的肩膀上用刺
青继承外公和那辆用白色饰带装饰的菲亚特的梦想，谈到我们的街区、
各种商贩、不会聊天的女面包师，每次她转身圆滚滚的屁股上都有许
多面粉手印，谈到学校、音乐，孩子们从来不会在最需要的年龄和它
相遇，那时候寓教于乐是多么容易，谈到这场混乱、得有勇气才能度
过的革命岁月（艾丽斯告诉我，她的一个朋友是打击乐乐手，每周一
次轮流去附近的幼儿园和小学教孩子们认识乐器，三角铁、锯琴、沙
锤……她还说世上没有比看到宝宝听到雨滴的声音，睫毛静止不动，
更让人安心的了），谈到伊萨的理论，说生命源于一粒苍蝇粪——他很
小的时候便得知这一真理，成年时据说他的姓氏拼写随着拼法不同，
在i上是加一个点还是两个点，他周围的光亮也会随之改变——我们谈
到厚颜无耻、能进能退，最后还有人的力量，他意识到能在身体上钉
上，一个……一个或者两个点……以孩子的角度看，是妙不可言的，
我们谈到俄国芭蕾、斯特拉文斯基[1]、迪亚捷列夫[2]，谈到他们的猫，它
是他们刚刚从南部的邻居那里收养的，整天喵呜喵呜地乱叫，谈到我
们童年时代霞慕尼餐馆和现在的不同——费古里餐厅也是——所以
呢？所以究竟是我们变了，还是它们的菜谱变了？我们谈到蒙萨、利

---

[1]　美籍俄国作曲家、指挥家和钢琴家，西方现代派音乐的重要人物。——编者注
[2]　俄国芭蕾舞演员。——编者注

涅王子酒店、高级家具制造业、艺术铁饰生产、维亚尔版图书、包豪斯、卡尔德的小马戏团还有柏林地铁的特点。

　　这只是其中的一部分话题。

　　其他的话题已经被我淡忘。

　　有那么一会儿，艾丽斯离开餐桌，去招呼孩子们上床睡觉，我忍不住问男主人他们刚刚讲的故事是否是真的。就是他们相遇的故事还有剩下的。

　　"抱歉？"

　　"不，就是说……"我结结巴巴地说，"您……那天晚上您真的和她说到以后有了孩子？就在您家门口？那时候你们才刚认识不久？"

　　他回报我一个多么灿烂的微笑。他的眼睛都笑没了，一根根大胡子快活地打着卷。他捋顺胡子，弯腰向前，低声对我说：

　　"哪，扬……我年轻的朋友……我当然了解她了。我们所爱的那些人，不用去刻意相遇，您瞧，我们只是认出他们而已。您不知道吗？"

　　"呃……好吧。"

　　"好啦，我来告诉您吧。"

　　他的脸色黯淡下来，望着杯底继续说：

　　"您知道……当我遇到艾丽斯的时候，我……我……我病得不轻。我的确已经四十五岁了，我的确是个老男孩，我也的确和我父母一起住。嗯……具体说是和我母亲一起住……您会怎么说呢？您赌博吗？"

"抱歉？"

"我不和您说黄皮肤的矮个子侏儒或是别的，我和您说的是痛苦，是赌瘾。实实在在的赌钱，扑克赌马这种。"

"不。"

"那我想您不会懂的……"

他放下杯子，避开我的视线接着说：

"我是个……猎人……或者应该说是只猎犬……是的，就是这样，我是只猎犬……总是提心吊胆，随时警惕着，随时准备吠叫，刨地，不放过任何一个角落……得把猎物赶出树林，赶进陷阱，带回给主人，这种念头始终挥之不去……我得说，您想象不到我是谁，扬，或者说我曾经是什么样的人。不，您想象不到……我可以不眠不休，一口气跑几千里路，我可以忍饥挨饿，几天几夜不去厕所……我可以凭着直觉穿越整个欧洲，就凭一个印章、一个签名或是一个空泛的承诺。也许，也许，就靠这样一个鞋印，或是像这样画云的方式……便确信在那里，在波兰、在维耶尔宗、在安特卫普或者我也不知道的哪里，发现可以刮掉的清漆涂层、可以掀掉的假顶、可以揭开的罩布。赶上几千里路，就为了抢在第一个去看一眼，误入歧途的时候就想，快！马上再出发！因为我已经浪费了许多时间，如果再浪费一秒钟，可能在下一单生意上便会要多付一倍的钱！"

沉默。

"我失去了睡眠、体面还有活人的意识……有人说猎人的嘴里有血的味道，我嘛，每当我磨磨臼齿，嘴里尝到的是拍卖室里的灰尘、封蜡、清漆、地毯还有鬃毛的味道。还有汗液、恐惧、预报可怕腹泻的闷屁、所有老家伙因为烂牙而发出的恶臭口气……是的，我嘴里有卡车尾气的味道，飞快写下、飞快装袋的银行支票的味道，有丧事的家庭的味道，经历过战争的家庭的味道，参观可怕的养老院时的味道或是在狗叫声中走进古堡的味道……没落、忧郁、很快就四分五裂……还有在某些公馆内盘旋不去的死亡气味，其中某些是我认识的业余收藏家或者是我知道他认识我的专业收藏家。拍卖师一锤定音的钝响、招标裁定、日程记事本里的过世通知、有时随着烟灰落下说出的真心话、属于萨瓦人的作品、和外省老迈的公证人共度的餐桌时间、为节约时间边开车边读的地方小报、搬运工的铁钎、专家组成的秘密帮派、飞机、集市、两年一度的展览会……我不知道您小时候是否读过关于陷阱猎人、偷猎者或是印第安猎人的故事，扬。所有这些关于打猎、设陷阱、狩猎远征、让人头晕目眩的故事……阿哈布和他的抹香鲸、休斯敦和他的大象、艾希曼和他的犹太人……您读过它们吗？"

"没有。"

"全部……他们全部都病得不轻……和我一样。"

他微笑着，再次望着我。

我们又喝了一点酒，不过与其说是喝，不如说是小口抿，然后他说：

"我的曾祖父是个商人，我的祖父是个商人，我的叔叔、我爸爸还有他们的孩子都是商人。我们就像摩西的短毛垂耳猎犬，父子代代相传！（笑声）您知道我叔叔为什么从前线回了家？因为他想带一个波西米亚风的水晶烟灰缸给他的未婚妻。这事儿非常难办，就算他可以把烟灰缸搞到手，也不太留得住，但他做到了！所以，当我遇到艾丽斯的时候，我也是这样的人。我也是这么个幽灵，瘦骨嶙峋，两眼发直，已经没气了，但却总是可以带回好东西来，说真的！我从不空手而回！"

沉默。长时间的沉默。

"之后呢？"我冒险试着把话题拉回正轨。

"之后？没什么了……之后，就是艾丽斯。"

嘲弄的笑声。

"来吧，我的好邻居，来吧……请您闭上您这张儿童唱诗班的嘴吧。我告诉过您，我什么都知道。没有东西逃得过我的眼睛。我看得到您的目光，她刚刚走到我身后的时候，您把视线转开了，我看得到！老实说，您没有爱上她吧？"

他语调温柔地问出这个问题，我咬紧嘴唇，免得失态。

都怪佩加里的糙石巨柱、强度系数、我的木柄折刀，还有所有这一切的乱七八糟。

沉重。

幸运的是，也许是因为体贴，他又开始滔滔不绝：

"您知道的，对我母亲来说找到一条符合她品味的裤子是个多么神圣的挑战！我记得清清楚楚，要一条带绳边的裤子，这是她打定的主意。就在那个时候，我开始观察这个年轻女人——一位舞蹈演员，我是这么猜的——她躲在暗处研究那些越来越性感的内衣裤，皱紧眉头掂量着它们，仿佛那是子弹或是炮弹的火药。她严肃的表情使我很惊讶，还有她的脖子，我……我……她的脖子，她的头型，她的气质……当然，她最后注意到我在看她。她抬起头，看了看我，看了看我母亲，又看了看我，冲我们温柔地笑了一笑，她怕吓到我们，迅速地放下那堆窸窸窣窣的东西。但是那一瞬间，扬，但是那一瞬间，我死去又活来。说到死去活来，人们往往把它当作一种表达法，而并不是真的。也许有人会说我夸张了，但是我选择告诉您，因为您能够明白，而且您也很讨我喜欢，这件事千真万确。关掉/打开。在一眨眼的工夫里，电流中断/电流接通。"

剥完杏子，他又为我剥了一些橘子。他细心地撕下橘瓣上白色的丝络，然后把它们整齐地在我的盘子里摆成一个圆圈。

"那时候……"他叹了口气，"那时候，我就对自己说：我的好家伙，这么好的运气，人生可不会有第二次……我祖先摩西的血统，还有我家祖孙三代的猎人角色，规定我必须一击而中。要是让这样的奇迹从我们的鼻子底下溜掉，要是我不能一击而中，那我以后也别干这一行了。没错，就是这样，但是应该怎么做呢，嗯？怎么做呢？现在她已经转过身去，而我母亲也已经开始噢咿噢咿，莫名其妙地念诅咒坏日子的祈祷文，诅咒她的儿子、她的屁股还有上帝。啊，我快疯了！玫瑰色的紧身裤在哪儿……因为这是我从自己的职业里学到的，我在任何场合想要逗笑，都能用这一招……人哪，有时候就得叫板命运。我说叫板，就是挑战命运的意思。是的，人这一生中，总有那么一个时刻必须主动出击碰碰运气，必须孤注一掷，扼住命运的咽喉。赌上所有筹码，赌上所有金钱，赌上所有资产。赌上自尊、退路、颜面，赌上一切。这种时刻，不是什么'自助者，天助之'，而是'好好服侍上帝，也许他会回报你'。我怀着要出绝杀的扑克玩家的心情，走出更衣室，好像我已把自己的生命作为筹码押在赌桌上。我不出声地戏仿索菲亚·罗兰的戏份，同时还得小心地避开母亲惊恐的眼神，她努力抓住一个塑料模特的屁股才没有摔倒。我的心上人哈哈大笑，我以为自己赢了，但是没有。她转身走向卖皮带的柜台那边……"

说到这里，他停了下来，冲我笑了一下。

从远处，也就是走廊尽头，我们断断续续听到艾丽斯给孩子们讲故事的声音。

"那我还能指望什么呢？她那么年轻，那么漂亮，而我呢，又老又丑……还搞了这么可笑的一出！穿着三角内裤！在紫色紧身裤下穿着三角内裤，两条路易十五一样的罗圈腿还长着乱糟糟的腿毛！我还能指望什么呢？吸引她？我垂头丧气地穿好自己的衣服，不过我还没有彻底绝望。不管怎样，我都让她笑了。再说真正习惯赌运气的人必须得有这样的觉悟：我们喜欢赢的感觉，但我们也懂得如何面对输。一个真正的赌徒，必须输也输得漂亮……"

他站起身，往水壶里灌满水，把它放在炉子上：

"过了一会儿，我走在街上，另一个十足的讨厌鬼挽着我的手臂，我心里想着刚刚那位漂亮的姑娘……心里别提多难受了。是真的，我死去又活来，但是老实说，我也想过这是为什么，毕竟现在我的生活感觉没有之前的那么荒谬了……我母亲还在我身边，这一点根本没变！我心里很不开心。她选的内衣一点都不适合她……这样一副躯体，应该用纯棉或是丝绸包裹，而不是这些可怕的尼龙布料，您瞧……我叹了口气，我躲开老雅克利娜的唠叨，躲在几件女式内衣和其他昂贵的晨衣底下，用它们裹住自己，我心想要是她能让我向她表达爱意，我……一句话，我想她想得快死了，我失去了平衡。不过，话说回来，是她走回来一把拉住我的胳膊，我还以为有人要卸掉我这条胳膊呢，这个粗枝大叶的女人！"

他一边往一个装着椴树叶子的旧茶壶里倒入沸腾的滚水，一边向我露出今晚第二个更灿烂的笑容。

"你们俩的运气真好。"我嗫嚅了一句。

"是的，没错，嗯……女式紧身裤，那可不好穿呢，您懂的……"

"我刚刚说的不是'您'，而是'你们俩'。你们俩的运气太好了。"

"是啊……"

沉默。

"嘿……下面这话我只对你说，"他接着说道，"只对你说，只在现在说，我要告诉你一些我从没告诉过其他人的事。当然，我母亲现在还健在，当然了。但是自打我出生以来，她便总拿她的死亡来威胁我，这事儿给童年的我留下了很深的精神创伤，我这一辈子可能都会活在被她情感要挟的阴影里，现在我知道了她肯定会死在我后头。死在我们所有人后头……这样也很好。但是现在她已经是个很老的老太太了。是的，一个快走不动路的老太太了，她的听力退化，视力也相当糟糕。但这些都不是理由，不是理由……每周四，每个该死的周四，你在听我说吗？我带她去她家附近的一家小酒馆吃饭，每周四，喝完咖啡，就像是固定仪式一样，我们一同迈着细碎的步伐，走到路易-菲利普大桥边的正义小道。我们沿着小道，漫步走着，她紧抓着我的手臂，我支持着她的身体，我拉紧她，几乎是拖着她，她的双腿疼得走不了路，风湿病让她饱受痛苦，她的邻居们想把她弄死，她的钟点工让她头昏脑涨，新来的女邮差快把她逼疯了，电视节目都是毒药，这个世界都在和她作对。这次，这次，毫无疑问，这次她的生命快完了。这次，她已经感觉到，这次，我亲爱的孩子，我真的要死了，你知道的……而我呢，你猜怎么着，我居然一直相信她的鬼话！等我们走到的时候，她终于停止抱怨，安静下来。她安静下来，是在等我再给她念一遍刻在石头上的所有人名。所有姓氏和名字。当然了，每个周四，我都会照办，我凑在她耳边念出一连串的世俗名字，每到这个时候我都能感觉到压在我小臂上的重量增加了。突然间，她目光柔软，心底被触动，再次向天使露出微笑，这就是我的老雅古，她慢慢直起身子，重新振作……而这一切，就像是显示在手机屏幕上一样，我看得清清楚楚。我在她因为白内障变得雾蒙蒙的瞳孔里，看到她的内部电池一格格地重新蓄满电，电量随着那些名字一个个地滑落而逐渐增加。过了好一会儿，她的病腿才把她的思绪拉回现实世界，我们和来的时候一样慢悠悠地走开。我们的速度一样慢，但这次姿态更加英勇！这些人曾经在世界上生活过，他们做了该做的事，老实说，对他们来说，好吧……太不容易了……对我来说也是，而她呢，她总是想要再多活一周……好吧，你看到了吗，艾丽斯，艾丽斯的脸庞也会让我产生同样的联想……"

沉默。

现在我还能怎样接话呢？

你们会怎么办，我不知道。但我，我闭上了嘴。

"你知道……幸福真正的钥匙，我想，是欢笑。是一同放声大笑。当加布丽埃勒，她是艾丽斯的母亲，离开我们的时候，情况变得非常糟糕，因为我再也没法逗笑我的心上人。我这辈子从来没有这么难过，不过我可以向你坦诚，我来自一个知道该怎么和不幸打交道的家庭！对我来说，事情没那么复杂，但是那一次，我什么办法都尝试过了，她冲我微笑了，没错，但是她不会再放声大笑。幸运的是，"他像个害羞的年轻姑娘那样忸怩着，"幸运的是，我还留着最后的一招……"

"您做了什么？"

"秘密，扬，这是个秘密……"他撒了个娇回答。

"你又在和他胡说些什么呀？"回到餐桌边的艾丽斯气恼地说，"快去和你的女儿们道晚安……您也是，扬。她们想要您也去，请您……"

哦……

我感到多么骄傲……

"不过请留心，"她竖起食指接着说，"请忘了今晚说过的傻话，好吗？"

等我们走进孩子们的房间时，妹妹已经睡着，马德莱娜也只等我们亲她一下，就要进入梦乡。

"你知道为了能吻吻我的女儿们，我不得不做什么事情吗？"他站起身的时候，忍不住轻声赌咒了一句。

"我不知道。"

"我不得不用婴儿洗发水清洗我的胡子，再用香草味道的护发素理顺它。要是这还不算是最糟糕的事儿……你能明白我的感受吗？"

我笑了。

"我无法同情您，伊萨。"

"而且你还不同情我……"

　　等我们回到厨房的时候，艾丽斯手里正拿着一个冒着热气的杯子。

　　她吻了吻她丈夫的额头，感谢他贴心地想到烧水，然后她对我们说她有点累了，很想马上躺下，但希望我们不要误会她是想下逐客令。

　　她没有说睡觉这个词，她说躺下，这话又一次击中了我。而且好像这还不够似的，就在她吐出这几个词的时候，她取下盘着发髻的发簪，晃了晃脑袋，哦……现在出现在我眼前的是另一个……一个散着头发的艾丽斯。更加温柔，更不咄咄逼人。差不多可以说是快裸体的模样了……就在我一脑袋糨糊，含含糊糊地说些嗯嗯啊啊的话的时候，我能感觉到她丈夫嘲弄的目光正在穿透我的肩胛骨。

　　我想她在等我拥吻她，但是由于我实在太过疲乏，没有力气俯身过去，于是她最后和我握了下手。

我握住了她温热的手心。

呃……我想，那是椴花茶的热度。

尽管我一点都不想走，但是酒精作用之下残留的人情世故知识驱使我慢吞吞地去拿外套，走向炼狱之路。

"哦……扬，"伊萨捏着嗓子说，"你不会要狠心地留我一个人收拾餐桌吧？"

上帝啊，我爱死这位花里胡哨的小熊米卡了。

我爱死他了。

"来吧。请坐下。再说，你橘子还没吃完呢！哦，这一堆烂摊子是什么？！"

❀　❀　❀

　　艾丽斯走的时候把灯都关了，现在厨房里唯一的光源便是桌上的烛光，还有透过窗玻璃射入的城市里的朦胧灯光。

　　我们就这样坐了好一阵子，两人谁都没有说话。我们以最慢的速度喝干杯子里的残酒，回味着我们刚刚所经历的一切。我们两人都有些醉了，在黑暗里懒洋洋地不想动。他重新坐回小凳子上，背靠着墙，我模仿他的姿势，把椅子转了四十五度角。我们听着远处传来的一位美丽女人沐浴的声音，我们一起开始幻想。

　　我们很可能有着同样的念头：想到自己刚刚度过了很棒的一段时光，我们真是太幸运了。总之，不论如何，我是这样想的。还有就是她刷牙的时候有点太快了，不是吗？

"你今年多大了？"伊萨突然问我。

"二十六岁。"

"我以前从未见过你。我认识之前住在你公寓里的老太太，不过她去外省了，我想是的……"

"是的，她是我朋友的……姨婆。我们十月份的时候搬来她的公寓住。"

沉默。

"你现在二十六岁了，你住在一个年轻姑娘的姨婆的公寓里，但你却还没有提过她的名字。"

他一口气把这句话说下来，中间都没带喘气。听着怪吓人的。

我没有回答。

"一个没有名字的年轻姑娘，不过她对院子的整洁和楼梯间小推车摆放的位置却有很深的执念。"

啊……我们说的是同一个……

他说这话既不是想讽刺谁，也不咄咄逼人。他就是这么一说。我低头寻找自己的杯子，因为我居然感觉嗓子有些干。

"扬？"

"嗯。"

"你的朋友，她叫什么名字？"

"梅拉妮。"

"梅拉妮……欢迎你，梅拉妮，"他冲水槽和炉子间的某个阴影遥遥致意，"您瞧，既然您已经来了，那我就得和您说，总是急匆匆的年轻小姐，垃圾桶和没有卷好的浇水水管不是什么太要紧的事儿。楼道里的推车和踏板车轱辘声也不是什么太要紧的事儿……您听到了吗，梅拉妮？与其每隔四天打电话给公寓管理处反映，与其拿这些微不足道的小事儿浪费管理人员的时间，您不如过来和我们干一杯吧。"

他在昏暗的烛光下举起杯子，接着说：

"因为您知道的……我们最后都会死，梅拉妮，所有人……我们所有人总有一天都会死的……"

我闭上了眼睛。

我们喝多了。而且我也不需要听这些话。我不想听别人说梅拉妮的坏话，这点我很清楚。我也不想看到伊萨打碎他那个雕像的脸，我喜欢那个雕像。

于是我低下了头。

"扬，为什么你任由我说那位和你一同生活的小姐的坏话呢？你都不为她辩护？不管怎么说，我只是个老傻瓜。为什么你不把我当作傻瓜来对待呢？"

我竟然无言以对。我一点都不喜欢这个新话题。我不想打乱刚刚我们聊过的所有美好话题，我不想话题转回到我自己身上，我不想听到"管理处"或是"垃圾桶"这样的词汇从一个刚刚让我进入天马行空

的幻想的男人嘴里说出来。为了摆脱现在这糟糕的局面，我决定冒险
一次：

"因为我想还是礼貌些的好。"

沉默。

我不知道伊萨会怎么想，但是我，我试着竭尽全力保持平静，我为
自己和他倒完了瓶中的最后一点葡萄酒，平均地分在两个杯子里。他没
有谢我。我甚至都不确定他是否注意到我的举动。

我的快活消失了。我很想抽一根烟。我很想打开窗户，让凉风吹
来，让我们两人都更放松点。但是这些事，我也没敢做。于是我继续
喝酒。

我不再望着伊萨。我盯着烛光看。我像小时候那样揉捏融化的烛
泪。我让它在自己的指尖慢慢变硬，然后用它轻触嘴唇，用唇珠的部
位……同样的温热，同样的气味，同样的柔软，一如昔日。

伊萨双手交叉，一动不动。

现在我真的得走了。我的邻居看起来心情不好，而我呢，我今晚也
喝多了。我积聚了太多的情感。我在头脑里汇集了太多东西：头、手
臂、双腿、钥匙、外套、楼梯、床、昏迷，当它们像这样蜂拥而至的时
候，呼地，就像一把温柔的断头铡刀：

　　"我们可能因为礼貌而错失生命。"

　　他搜索着我的目光，我们彼此对视了一阵子。我扮演无辜的人，而他扮演屠夫，当然，显然我的神情看起来更狡猾一些。为什么他要和我说这些？

　　"为什么您要和我说这些？"

　　"因为渡渡鸟。"

　　好吧。他喝醉了。

　　"您说什么？"

　　"渡渡鸟。你懂的，生活在毛里求斯岛的弯嘴大鸟，我们的祖先对它们赶尽杀绝……"

　　好吧。现在到了动物保护组织登台的时间了。

　　他接着说：

　　"这些可怜的鸟儿会灭绝，真是一点道理也没有。它们肉质粗糙，叫声难听，羽毛也不好看，它们是如此丑陋，以至于欧洲没有一个王室想要抓它们。但是它们还是消失了。所有的渡渡鸟都……它们从远古时代便在那里生活，但短短六十年间……是所谓的进步让它们从地球上彻底消失。你知道这是为什么吗，我的小扬？"

　　我摇了摇头。

　　"因为三个原因。第一，因为它们很有礼貌。它们不是凶恶的大鸟，很容易亲近人。第二，因为它们不会飞，它们可笑的小翅膀完全就是个摆设。第三，因为它们不会保护自己的窝，任由食肉的猛禽处置自己的蛋和幼鸟。就是这样，三个小小的缺陷，最后它们都灭绝了，一只都没留下。"

啊……呃……怎么说呢？我得承认，自己完全没有料想我面前这位小个子的预言家会在凌晨一点十分的时候断言渡渡鸟的大灭绝。

他把自己的凳子移近桌子，冲我俯身过来。

"扬？"

"嗯……"

"别让他们毁了你。"

"您说什么？"

"保护好自己。保护好你的窝。"

什么窝？我暗自讥笑了一声，是说楼下贝尔托姨婆那个八十平方米的公寓吗？

我没有忍住，笑出了声，他听到之后说：

"显然，我和你说的不是你乌苏拉阿姨的公寓。"

沉默。

"您在和我说什么呢，伊萨？"

"在说你。你的窝，就是你自己。就是你现在的样子。应该保护好他。如果你自己都不保护好他，还有谁能来替你做这件事呢？"

他看我一脸茫然的样子，便凑过来小声说：

"你很帅，扬。你非常帅。我说的不是你的年龄、你的头发或是你

明亮的眼睛，我说的是你在做的事。你知道的，发现美好的事物，是我
的职业。发现它们，并为它们估值。现在我不再奔波于拍卖行的大厅之
间，但各地仍有人不断打电话来，虔诚地向我咨询。并不是说我有多精
明，而是我懂行。我懂得一切事物的价值。"

　　"啊，是吗？那在您看来，我价值多少呢？"

　　话一出口，我就为自己不逊的口气后悔了。真是个小傻瓜。我多担
心了，他似乎没有听见我的话。

　　"我说的是你的眼神、你的好奇心、你的善意……你以这种方式在
我家迅速地赢得了所有人的好感，这点毋庸置疑，你满怀爱意地把我的
女儿们抱上膝盖，你疯狂地爱着我的心上人，甚至还丝毫不加以掩饰。
我说的是你对细节、对人、对事物的关注。关注人们对你说的话，关
注他们向你隐瞒的东西。这是艾丽斯在她母亲去世后，我第一次听她提
到她母亲，第一次听她回忆起母亲还健在时候的事情。这一切都应该归
功于你，扬，都应该归功于你。今晚加布丽埃勒回来了，她为我们弹奏
了舒伯特的小调……我从来不敢想象这样的事情，你知道吗？你也听见
了吧？"

　　他的眼睛在黑暗里闪闪发亮。

　　"你没有听见？"

　　我急忙点头，好让他不再继续纠缠这个问题。好了，现在行了，我
可不准备为这位我甚至都不认识的好女人流泪……

　　"我说的是你讲述你所爱的人和保护他们时的柔情，我说的是每周

你帮我们搬上楼的东西，是你在天气变冷之后往门缝下塞的硬纸板，我每天早晨帮你捡回来，免得其他业主怨声载道。我说的是你断了的大拇指，是你作为一个精疲力竭、又累又饿的大男孩流下的眼泪，是你那个闹鬼的十字架，是你的微笑，是你的谨慎，是你的明智，是你的彬彬有礼，尽管我刚刚嘲笑过你有礼貌，但它的确是构成我们的文明的基础，对此我很清楚……我说的是你的优雅，扬……是的，你的优雅……别让它们被毁了，不然你身边还会剩下些什么呢？如果你和你的同类不好好保护你们的窝，那……那么……这就是……这个世界，会变成什么样子呢？（沉默）你明白我的意思吗？"

"……"

"你哭了？哎……为什么？我和你说的话让你想哭吗？好吧，能拥有这么多品质也没有那么严重啦。"

"我让您讨厌了，摩西。"

他吓了一跳，吐出一串咯咯的欢快笑声，弄醒了鱼缸里的金鱼。

"你没错，我的小伙子，你说得对！来吧，"他说着用手中的杯子碰了碰我的杯子，"为我们的爱情干杯！"

我们满眼里都是笑意，我们干杯，一饮而尽。

"您的酒很不错，"我最后向他承认，"它非常好。"

伊萨点头表示同意，他看了一眼瓶身，神情忽然又变了。

"你瞧，我来给你一个流泪的理由，一个哭泣的好理由……酒标上的人名，皮埃尔和阿里亚纳·卡瓦内斯，是艾丽斯和我在这个世界上最欣赏的人。我们在恩罗尔山谷中的花园，边上就是他们的葡萄园。那不是一个特别大的葡萄酒产区，大概三十公顷的样子，但每年他们的葡萄酒都能拔得头筹，你等着看吧，总有一天他们的酒会成为知名品牌的。皮埃尔的父亲是一位地质学家，他母亲有一点财产，在八十年代的时候那里还什么都没有，没人相信那里适合种植葡萄，山谷里的其他葡萄种植者不相信，专业的葡萄酒经营者也不相信。但他们却凭着直觉，在这个荒野的山谷里开始种植西南地区的一种知名葡萄品种，如果我没弄错的话，葡萄苗还是他们从一个梅多克的大酒庄的卡车上落下的秧苗里捡来的……接着，他们还建造了一个酒窖和一道水渠，建完之后负债累累，他们听取退休的葡萄酒工艺学家的建议……你还记得艾丽斯刚刚给我们讲的关于伟大的陶瓷师傅的故事吗？几乎是强迫性地要求自己不断尝试，不断实验，近乎疯狂地在水和火之间，在气和土之间，寻求各种可能的搭配，嗯，我觉得葡萄酒差不多是个类似的行业，除了它不用火，用果实之外……"

伊萨的话让我沉醉。

故事、逸事、术语、种植葡萄的程序、发酵、浸泡、橡木大桶、二十岁的一个夏天离开故乡诺曼底来到这里种植葡萄的阿丽亚娜，就因为她一直梦想能飞翔在玻利维亚上空，但她始终没有成行。他们的爱情故事、他们的疲乏、他们的牺牲、他们的脆弱、可以在几秒钟内毁掉整年劳作成果的老天、难忘的品尝、难忘的晚餐、导览手册、小调、分类、刚刚得到的承认、他们家三个严格抚养的在野外和背篓里长大的孩子、他们的希望，还有他们的绝望。

我从他绵绵不绝的语流中截住以下词汇：巨大的勇气、劳作的生活、超乎寻常的成功以及神经中枢病变。

"他想把地都卖了，"伊萨总结似的说，"全部都卖了，就算我觉得这样非常可惜，但我完全理解他。换作我，要是艾丽斯遇到了什么事情，我也不会继续干下去的。也就是因为这个原因，皮埃尔和我彼此非常理解。我们高谈阔论，我们夸夸其谈，我们胃口很大，我们虚荣心强，但我们最终属于一位夫人……"

好吧，为他们感到遗憾，但是就算是渡渡鸟最后也努力振动过一下翅膀。我们没什么可以再战斗的。铅似的阴影落在我们肩上，烛光哽咽，而我的主人，仿佛刚刚结束了一场战斗。目光发直，沉浸于自己的思绪中。

孤独、忧郁、莫名，背弯得像一张弓。

我看着自己的杯子。还够喝几口？三口？四口？

差不多快喝完了。

差不多快喝完了，这就是我这辈子从未有过的美好夜晚所留给我的……

我不想把它清空。

就当作我的献祭吧。

　　我给这位素未谋面的阿丽亚娜的亡灵的献祭。

　　愿它可以表达我的谢意，愿她获得宁静的永生。

　　我去取自己的外套。

七 下楼

我不知道伊萨家和我的公寓之间有多少级台阶，但是才走到第二级，我就清醒了。

如果当时还有旁人在场，他一定会反驳我，说我是在撒谎。说他看得清清楚楚，我步履蹒跚。我摇摇晃晃，每次向下迈步前都得抓紧楼梯间的扶手。

他会说，这人真的喝多了，他紧挨着墙走，最后任由自己的身体倒在自家门前。

愚蠢的告密者……

要是我步履犹疑，那是因为我踩空了，而且我也没有紧挨着墙，我只是紧紧抓住它而已。我紧紧抓住它，想要温暖它，不想让它孤零零地回去。我要带它去我的床上。这堵墙，我平时常常撞上，几小时前我在另一段生活里正在一位准男爵和两位小公主的陪伴下将侯爵夫人拥入怀中，所有楼梯间里如此多的欢声笑语、如此多的咒骂赌咒都在这堵墙上回响过，这堵墙如今如此固执，不肯来伊萨家和我们喝完最后一杯酒，这堵墙现在是我的支柱。在回去直面真实的生活、真正的扬和真正的挑战前，它是和我同样心慌意乱的伙伴，靠着它的肩膀我还能再躺一会儿。

我承认这位先生说得很有道理，法官女士，我承认，这事儿不长，您知道的……只要我一脚踏进自己的家门，最后回到自己家……回到我女朋友家，回到她姨婆的公寓里……只要我推开这个地方的门，我就会猛然清醒。

我摸索着开关，房里的灯光相当丑陋。我把外套挂在挂衣钩上，挂衣钩也相当丑陋。还有镜子也是。镜子、玻璃板下的海报、地毯、沙发、茶几，以及所有的一切。所有的一切都很丑陋。

我环视四周，我居然一点都认不出这个地方。究竟是谁能够生活在这里？我是走错了吗？这是一间样板房吗？不凌乱，不混乱，没有幻想，没有温柔，什么都没有。只有装修的痕迹。这甚至是最糟糕的情况：只剩下了装修。我走进厨房，这里我也认不出来了。我一点都想不起来。厨房里让人回想不起任何故事。然而我还是坚持着。我蹲下身，我打开柜门，拉开抽屉，但是显然，还是一无所获。没有人。

也许在房间里？我揭开毯子，抓起一个枕头，然后是另一个，我把脸埋在枕头里，我检查了床单：剩下的只有地砖。没有任何迹象显示曾有人类在这里躺过。浴室？牙刷、梅拉妮的衬衣、我们的浴巾：悄然无声。可是这些僵尸是谁，最后我们能经历怎样的故事？

　　我再也不知道自己身在何方。经历了今晚的种种，我仿佛多多少少让自己升入了一个更高层的世界，现在的我无法任由自己回到原来的位置，这等于是要毁了我。我握紧拳头。我咬紧牙关。我收紧屁股的肌肉。我的样子真可笑。好像一个孩子。一个任性又矛盾的脏兮兮的小毛孩，但是内心却无比自豪，毫不介意展示这一切。

　　好了，好吧，那么，什么呢？要想被人注意到，我得打碎些什么好呢，嗯？

　　当门铃响起的时候，我正处于内心暴虐又无力的境地。

　　该死，但……但现在都几点了？还有什么事情会发生，嗯？

八　礼节

"您好吗？"

伊萨好像没有认出我。

"您，你好吗？一切都还顺利吧？"

我不记得自己是怎么回答他的。我想，应该是说我有点累。

这话是真的。我累了。

很累。

太累。

我应该打碎的是我自己。太遗憾了，我住的地方是二楼。

"嘿，"他拉住我的手腕说，"嘿……我帮您弄了这个。作为纪念。要是您想再……再要一批的话……总之……总之，不是现在，以后就没有机会了，唉……"

　　我的伊萨……我的王子……我长时间地望着他，想让自己平静下来。他看起来很疲乏。

　　就连他的蝴蝶领结都皱了。

　　的确，他让我平静下来，但是从另一个角度上说，他本人也很不在状态。为什么他现在要把这个东西带给我，嗯？坦白地说，好像他已经等不了了。再说我订葡萄酒做什么？我没有酒窖，没有钱，没有艾丽斯，没有杏仁，没有心肝宝贝，没有小女儿们，没有香料，没有桌布，没有高脚杯，什么都没有……对一个火眼金睛、无所不知的男人而言，这毫无疑问……

　　好吧，应该承认昨晚我们两人就喝了两瓶半。这真让人怀念。

　　我们站在走道上，因为我还没有决定是否应该邀请伊萨进门，就在这宝贵的一瞬间，关于已经成为我朋友的伊萨，已经成为我最好朋友的伊萨，我想到，我对自己说"我不能让他进门"，因为我已经长大了。

　　"请您允许我随您上楼，向您借一下放在密西娅房间里，就在一堆芭比娃娃中间的费雪牌小磁带录音机，可以吗？"

九　横渡

我手上有犯罪的武器，但现在还缺子弹。具体来说，是一盒磁带。这属于二十世纪的圣物。这个黑色或者透明的塑料小匣子，包裹着一段可以供我们录制声音的磁带。这另一个世界。

不过我不打算洗掉密西娅的儿歌……

我应该留下一两首，这一点毋庸置疑，但是问题是它们在哪儿呢？

思绪变换：

当我遇到梅拉妮的时候，我正和另外两个家伙合住在巴尔贝斯。我们的公共空间时常乱得可怕，但我住的房间非常舒适，我至今记得清清楚楚。

很多书，很多音乐，很多烟灰缸，很多打开的包裹，我母亲每周都会从家乡寄包裹来（香肠、布列塔尼饼还有黄油脆饼，是的是的，我向你们发誓，非常多的脆饼，我妈妈她就是这样，她是布列塔尼人），很多穿破的

T恤，很多穿脏的内裤，很多配不成对的鞋子，很多饱嗝，很多屁，很多手淫，很多恶俗的玩笑，甚至还有，哦，奇迹啊，比很多稍微少一点，但是数目仍有不少的姑娘，再加上我在墙上贴满的东西：便条、图片、笑脸、我觉得长得好看或者我喜欢的人的照片、建筑图、原型、模型、想法、学校的功课、工程清单、电影票、音乐会席位、我从书里抄来的话、让我不得不抬起头生活的金句、达·芬奇、阿尔内·雅各布森①、柯布西耶②或是弗兰克·劳埃德·赖特③的素描复制品，当我们绞尽脑汁，当我们奋力拼搏，当我们想要让自己相信自己是有天赋——我不会否认，我绝不会否认的——的时候，所有这些如此显而易见的行业守护神，我的家人、我的小船、我的朋友、我活着和已经死了的小狗们的照片，电影、展览、画展、音乐家、政治人物的海报，总而言之，全副武装，就是这样……

然而，当我们决定搬到一起生活，节省房租的时候（我的上帝啊，我就这样放弃了原来的一切，这太凄凉了，就为了能够生活在一起的幸福哪），我们先是搬到火车东站附近的一个小小的两居室里，在那里我们不得不收拢很多东西。

我把很多行李搬到我父母家，只留下很小的一部分保证日常的穿着和学习生活。但是无所谓，我们勤奋学习，经常外出，我们彼此相爱，互联网已经成为一堵我随时可以发表状态、解除状态、随手点赞的巨墙。

之后，当我们面临搬到这里以再节省一部分房租的时候（但是请注

---

① 二十世纪颇具影响力的北欧建筑师、工业设计大师。——编者注
② 二十世纪最重要的建筑师之一，是现代建筑运动的激进分子和主将，被称为"现代建筑的旗手"。——编者注
③ 美国建筑师，在世界上享有盛誉。——编者注

意，我们是交水电费的，不是吗？哦，我的上帝，我究竟变成什么样子了？），梅拉妮又一次筛选了我的衣物。没错，因为我现在已经长大，马上面临工作，所以那些不正式的T恤、我的旧大衣还有套头毛衣，我的卡莱尔牌，我的OCB牌，我的海军帽，我的托尔金牌，我已不再需要它们。不是吗，亲爱的？

　　好吧，没错。她说得对。从此我们要生活在一个氛围良好的社区里，凭良心说，能不在夜里听到火车经过的声音可真好，还有从此再也不用担心每走两步就被人抢走烟头……要是这就是我应该付出的代价，那很公平。不把要是我不能说服自己我已经变成大人了这一点算在内，谁会相信这一点？好吧，嘿，又来了，第五张纸板了。老实说，这件事并没有让我困扰，我很喜欢轻装上阵，但是问题是，今天，呃……我一无所有了，甚至连一盒磁带都没有，我输了。

　　好吧……密西娅，对不起，我还是得把你的磁带洗掉。

　　忽然我又想起一件事。去年我把自己的汽车当成废铁处理掉的时候，曾从副驾驶的抽屉里取回过一批杂物。老式车的音响必须用磁带，所以我这里应该还能找到几盒，不是吗？

　　我寻找着。

　　最后在属于我的那部分柜子的深处，我找到了一盒。唯一一盒。我不知道它是哪里来的，上面什么都没写。

　　好吧。让我们瞧瞧吧。

※　※　※

　　我洗了个澡，我思索着。我穿上短裤、袜子还有干净的牛仔裤。我思索着。我去找一件可以穿的衬衣，我思索着。我系好鞋带，我思索着。我煮了杯咖啡，我思索着。我又煮了一杯，我仍在思索。我煮了第三杯，我依旧在思索。

　　我思索着。我思索着。我思索着。

　　由于我用心思索，所以现在我完全清醒了。我浑身冒汗，我对自己刚刚的模样很气恼，现在我完全平静下来。

　　我在厨房里坐下来，我像在艾丽斯家一样点燃一支蜡烛，因为我发现烛光下的人显得更好看更睿智（好吧，显然，我家的蜡烛没那么有品位，不是我们在教堂里用的那种，就是梅拉妮买来的一种"装饰"，蜡烛里有股椰子的味道。唉，好吧，好吧。甚至不像是同一个晚上，生活夫人啊，求求您，请让我继续做梦吧），我关掉灯，我坐下来，我在桌上摆出那台磁带录音机。

我放进那盒旧磁带，我听到了什么：是大举进攻乐队[①]。

上天弄人啊……我都快跟不上节奏了。要是我不是那么紧张的话，也许我还能大笑一番。我倒了带，我抓起话筒，我……我转过身去，我不想在镜子里看到自己的模样。

因为就算我穿上了出门做客的漂亮衬衣，点上了M6的蜡烛，手里握着迷你话筒的黄色手柄，我还是很难过。不，说真的，我还是不要看到这一切为好。

我清了清嗓子，我按下REC按钮（蓝色的）。磁带转动，我又清了清嗓子，我……我……呃……哦，该死，我再倒一次带吧。

好吧，我的小伙子，开始吧……

我深深吸了口气，就像以前在合住的姑娘们面前试着一口气从水下横渡外海，我重新按下蓝色的按钮。

我跳下了水：

"梅拉妮……梅拉妮，我不能再和你一起生活了。我……总之，当你听

---

① 英国乐队，活跃于二十世纪九十年代。——编者注

到这段录音的时候，我已经走了，因为我……我不能再和你一起生活了。

（沉默）

"我知道我应该给你写一封信，但是由于我很怕犯拼写错误，由于我很了解你，我知道你一看到一个错误，就会瞧不起写信的人，我想既然这样，那还是不要冒险写信的好。

"你瞧，我录下这段录音，是想和你解释一下，我想这就够了，是的，梅拉妮，我要离开你了，因为你瞧不起会犯拼写错误的人。

"对你来说，我想这个理由可能不太成立，但是对我来说，这一点非常清楚。我离开你，是因为你不够宽容，因为你看不到人身上真正的闪光点。坦白地说，写 é 还是 er，写 soit 还是写 soye，到底有什么要紧的，嗯？有什么要紧的呢？当然，可能在发音上是有些不同了，好吧，但是……那又怎么样呢？据我所知，这不会伤害任何人。不会影响他们的心情，不会影响他们的热情、他们的初衷，好吧，其实还是有影响的，因为你会流露出鄙夷的神情，他们根本没有时间说完那句话……呃……我……我跑题了。我根本没打算和你谈布士莱尔语法书①。

"要是我想一句话说清楚自己想离开的原因，我会告诉你，我要离开你是因为艾丽斯和伊萨。因为这一句话里就已完全包含了我想表达的所有意思。我离开你，是因为我遇到了让我明白亲密关系可以是怎样融洽的人，但是我不想告诉你这件事。首先是因为要是你知道了，你对待他们的态度

---

① 法语语法参考书。——编者注

肯定会比往常更加糟糕，其次是因为我也根本没打算和你分享我的心得。

（暂停，远处的汽笛声）

"在世间万物里，他们让我明白了……人是多么擅长假装，擅长撒谎，擅长掩饰。

"我在和你说的是爱情，梅拉妮。从什么时候开始，我们不再相爱了？真的一点都不再相爱了，我是说你哪，你知道吗？从什么时候开始，我们不再做爱，只是单纯地性交？反正总是一样，我总是知道如何让你快活，我也给了你快活，你也知道如何让我快活，你也给了我快活，但是……但是什么？这到底算是什么？我们两人如释重负，然后双双睡去？不，别翻白眼……你知道的，我说的话是有道理的。你知道的。

"我们的床，它很伤心。

"一切……一切都很伤心……

"我们之间只剩下了这个。我很了解你，我知道你总是不断地扯着嗓子指责我的不是，好让路人听见，以为我是个浑蛋，一个彻彻底底的浑蛋，真的，当我想到你为我所做的一切，想到你们整个家庭为我所做的一切，公寓、房租、假期还有一切的一切，想到我耳边从来没有清净过，我想我能给你三个理由，解释我的离开。三个简洁、简单、好懂的理由。像这样，至少，一个浑蛋，他是不会这样做的……

"我给你理由，并不是想为自己做解释，我给你理由，是想你不至于想不通。因为你很喜欢事事都有理可循，反复咀嚼、筛选，就像那些傻瓜一样。还有，说真的，你真的配不上你所得到的一切……是的，那是你的风格，你总是责怪他人，而从不反省自己。我并不恨你，甚至我都有一点羡慕你，你懂的……我也很愿意时不时地能这样任性一下。这能让生活变得简单。再说我知道这是你的家教，你是家里的独生女儿，你父母从来没把你当作大人看待，他们纵容你所有任性的行为……而且……就是这样……总之他们有点把你宠坏了……

"就是说，他们甚至对你选的布列塔尼小男朋友，都睁一只眼闭一只眼！不，我知道你并没有恶意。但是呢，我还是把理由告诉你吧，这样回头你也能有些事做。你和你母亲，你们回头还能有些事做。

（沉默）

"我离开了你，因为你总是不让我好好看完一部电影……每次都是……每次都是，你总是……

"而且你也知道，在黑暗中多坐一会儿，看着大屏幕上那些滚动的不知名的名字，平复心情，对我来说就像是梦境和大街之间的生命过渡室……你呢，你觉得这太无聊了，好吧，但是我对你说过，我对你说过上百遍：你可以先走，在大厅等我，去咖啡馆等我，或者你可以和你的女性朋友去电影院，总之不用管我，不要在电影快结束的时候，问我一会儿去哪个餐馆吃饭，或是和我大谈特谈你的同事还有你那些不合脚的鞋。

"是的，就算那部电影很糟糕。我不在乎。只要我坐在电影院里，我就想不到结束不起身，在看到感谢佩兹乌里-雷尔-乌士市政府和数码蓝光字样前，我是不会离场的。就算这是一部丹麦或者韩国电影，就算我根本没有看懂，我也需要看到最后。我们一起去电影院已经快三年了，三年来我每次都能感受到你的不耐烦，只要字幕一出来你就会条件反射性地皱眉……而且你……算了，你自己去看吧，梅拉妮。你和别人去看吧。我对你没有太多的要求，我甚至在想这可能是我唯一要求你做的事……不是……

（沉默）

"另一件事，是你总是抢先在我的甜点上咬一口，这也是我受不了的事情。每次你都借口要减肥，不吃甜点，但每次我的甜点上来的时候，你都会一把抢过我的小勺，挖走顶上的一块。好吧……现在不能再这样了。就算你知道我的回答，你也应该先问问我同意不同意，让我能多觉得自己有存在感一点也好啊。而且，问题的关键是，你挖走的往往是甜点里最好吃的部分。尤其是柠檬派、起司蛋糕和布丁，你知道的，或者说也许你曾注意到过，它们是我最爱的三种甜点。

"所以，现在你可以和你的朋友们说：'你们看到了没？就算我为他做了那么多事，这个浑蛋还是要为了一块甜点离开我！'你可以这么说，因为这是事实。但是请注意这也是问题的关键。美食家会明白的。

"最后一件事，我想也是最重要的，是我之所以离开你，是因为我不喜欢你和我父母打交道的方式。上帝知道我从没用他们来烦过你。自从我们在一起，他们来拜访过我们几次？两次，还是三次？总之也不重要了，我还是不要回忆起得好，想起来就让我浑身不自在。

"我知道，他们是没有你父母有文化。他们没有你父母智慧、体面、有趣。是的，我家是比较狭小，到处都盖着桌布，摆着干花，但是你瞧，它们就像拼写错误一样，它们……它们不能说明什么问题。总之它们没什么重要的。花边、停在花园尽头的房车还有威尼斯带回来的面具，他们的恶俗趣味显露无遗，这一点丝毫不假，但是这和他们是怎样的人没有任何关系。他们的宽容友善和恶俗趣味并不矛盾。没错，我的母亲没有你母亲有品位，没错，她是不知道格伦·古尔德①是谁，没错，她是总弄混莫奈和马奈②，她是很怕在巴黎开车，但是梅拉妮，在你决定屈尊去见她的时候，她特地去发型师那里做了头发。我不知道你是否注意到了这一点，但是我，我注意到了，每次，我……每次，这都让我……我不知道该怎么说……这让我心痛。她和你打交道的时候，都有种女仆仰视主人的感觉，就因为你又瘦又美，因为你是她儿子心爱的人，因为……因为她太傻了，以为这样能帮你镀金……她从来没为我父亲去做过头发，但是为了你，为了向你表示她对你的尊重，是的，没错，她要把自己打扮得漂亮些……而你，你根本不能理解我为什么会对此如此激动。你根本不能，不是吗？你哪，每次当你高贵的目光落在他们收集的贝壳类小玩意儿上，落在他们按顺序摆放整齐、但从未打开的大百科全书上时，你都会咬着嘴唇，鼻孔朝天，但是你知道的，我……我啊，在我还是个孩子的时候……我从没看到自己的母亲有时间慢悠悠地生活或是和她的女朋友们去购物，因为我的爷爷奶奶和我们一起生活，她必须不停手地照顾他们。等我爷爷奶奶过世之后，等我母亲不用再为他们剪头发或是指甲，等她不用为他们提供成堆的土豆、豆

---

① 　加拿大钢琴演奏家。——编者注
② 　均为法国画家。——编者注

子或是我也不知道是什么的蔬菜，供他们去皮，好让两位老人觉得自己还有用处时，等她终于可以安生一会儿，因为两位老人现在终于睡在坟墓里了，但是紧接着我姐姐的孩子又来了。你知道吗？我从来没有听到她抱怨过，从来没有过。我看到的她总是高高兴兴的。你注意到了这一点吗？

"总是快活……你能想象，同一个人以这样两个词过完这样的一辈子，需要多大的勇气和力量吗？该死的，这又不是课堂小结！我要向你承认一件事，梅拉妮：在我母亲的快活和你的古尔德演奏的《古德堡变奏曲》之间，我看不到任何不同。他们拥有同样的天赋。这个女人，这位皇后，这位普通人中的皇后，每次她给我打电话的时候，每次她问我你的消息的时候……有时，我会说谎，你知道的……有时，在挂电话之前，我会说：'梅拉妮问候你'或者'梅拉妮问候您'……呃……现在我再也不想撒谎了。"

停止键（红色的按钮）。

呼哇哇哇哇哇哇……

我从水里探出脑袋，像参加奥运会的漂亮男运动员一样鼻子里呼着气。

嘿，我完成横渡了，不是吗？

爱说三道四的女人们在哪儿？她们还在吗？至少她们看到了我吧？

十　河的另一边

你说的是一次远征……

为了确认我恶魔般的计划已经奏效，我把磁带倒了回去，我打算做个测试，可你知道我听到了什么？

一个听上去好像便秘的声音在谈一辆房车……

哦，我的上帝。我立刻按下了暂停键。

这可真让人沮丧。

我感到非常沮丧。

哈哈哈……做自己是多么困难啊，尤其是当那个自己根本不能提供任何灵感时。多么困难啊……

现在是三点一刻。我需要再喝一杯咖啡。

我洗了杯子，我抬起头，瞧，我看到了，我自己在玻璃上的倒影，我看到了……

我看着他。

我想到了伊萨，我想到了艾丽斯，我想到了加布丽埃勒，我想到了舒伯特，我想到了索菲亚·罗兰，我想到了老雅克利娜的屁股还有给她安慰的那堵墙。

我想到了公平，我想到了我父母。

我想到了我的工作、我的生活、我的餐券、我的舒适、我的安全、介入的概念、我自己的介入理念、钞票、纸币、金钱、财富、票子、我的优势、我的同事、我的领导、他们的承诺还有我的临时工作合同。

临时的……一个如此懒散的词怎么会有如此多的价值呢?

怎么会呢?

之后我看了一件放在桌子上的玩具，现在它变成了一个定时炸弹，我又一次低下了头。

我不喜欢那个让梅拉妮难受的主意。

我也不喜欢两人继续扮演恩爱夫妻的主意，但是我很喜欢那些敢于冒险伤害彼此的人，去伤害那个破坏了我的电影、我的甜点还有我的童年的人。

是的。就算那个人是她。

身为好人却想做个坏人，太难了。想离开某人，太难了。在权威消
解的时代，想要集中力量，组织起来，共同发声，实在是太难了。

对无异议地决定改变另一个人的生活这件事给予足够的重视，太难
了。而且，在二十六岁的时候，在凌晨三点钟坐在没在家的女朋友的姨
婆的公寓厨房里，使用"无异议"这个词，实在是太让人难过了。

好吧。

我忽然胆怯了……

我在做什么？

我对我的生活做了什么？

我对我的吸尘器们做了什么？

啊，该死……这下可要糟了。

而且，这让我显得特别卑鄙。

啊，糟糕了……这会妨碍我的。

总结一下，现在需要做的事，是得自私一些。至少得稍微自私一
些。不然你就没法过上真正的生活，再说反正人都是要死的。

呃，是的……

来吧，我的扬努，鼓起勇气，露出你的牙齿，掏出你的小刀。

就算你不为自己而战，你也得为你的起司蛋糕而战。

好吧，但是问题又来了，尽管是个傻透了的问题：如果我们明明不是自私的人，又要怎样做一个自私的人呢？如果我们生在一个总觉得别人比自己更重要的世界里，而且还总是面朝大海，必须强迫自己自私吗？我竭尽全力试着让自己紧抓住这个概念：我，我，我，我，我的我，我的生活，我的幸福，我的家，我抓不住。我对它一点都没有兴趣。这就像是米奇的尾巴一样：我举手是为了让母亲放心，但我自己并不是真的想这样做。我觉得这太糟了。

低着头、牙关咬紧、肩膀收紧、双臂交叉、胸脯紧实，我陷入了深思。

我紧紧地蜷缩成一团，确保外部的事物不会干扰到我，我听到自己的心跳，我深深吸了口气，我试着不被席卷而来的疲乏和舒适感带入睡眠。

我思索着。

我想到了伊萨。

我只看到了他，伊萨克·莫伊兹，他能够带领我从河的一边游到另一边。我记起他的脸庞、他的故事、他的沉默、他的目光、他野兽般或是少女般的笑声、他的恶作剧、他的自私、他的慷慨，还有刚刚那个关于酒标的傻透了的借口，以及在我无比需要他的那一刻他抓住我手腕的方式。

我记得他关于礼貌的论断，还有他说那话时的口吻。那种温柔……那种温柔和那种残忍……我用尽所有力量，紧紧抓住。

我紧紧抓住他，因为这是现在唯一可以把我从泥潭里拯救出来的保证，唯一的保证。是的，我就是那样的人：我总是彬彬有礼。

因为我总是那样有礼貌，所以现在我得解放自己，把自己从那个我里面解放出来，我试着最后一次按下绿色的按钮，然后把密西娅的小录音机放在冰箱下面。

这样梅拉妮就不一定会听到我的录音，受到伤害了。这是我的天堂马戏团，这是我没有完成的善意。

就在我的旧磁带录下冰箱制冷的声音的同时，我收拾完了自己的行李。

　　　　　　　❀　❀　❀

　　我的水手包已经准备完毕。干净的床单、脏的床单、鞋子、剃须刀、书籍、电脑、助听器，一切都在。
　　或者应该说还有不再爱人带来的好处……

　　我收回录音机，我按下播放键。
　　房间里回响起一种金属的噪声：嗒嗒。像铁一样的声音。
　　我在磁带上写上她的名字，把它放在她的枕头下面。
　　哦，还是不要了……放在厨房的餐桌上吧。
　　既然没法做个伟人，那么就做个体面的人吧。

※　※　※

　　我忘了自己的钥匙，我关上门，我走上四楼。

　　我把行李放在脚边，我解开披风，我掏出手套，我坐了下来，我又一次找到属于我的那堵墙。

　　我彻底放松了。

　　我得把小丫头的玩具还给她们，我还得向她们问最后一个问题。

十一　地平线

　　我名叫扬·安德烈·马里耶·卡尔卡尔克，我出生在圣布里厄，再过几个月我就二十七岁了，我身高一米八二，我有棕褐色的头发、深蓝色的眼睛，我没有犯罪记录，是个极为平凡的人。

　　我曾是个没有故事的孩子，是个乖得像幅画一样的初领圣体者，是乐观主义者俱乐部的吉祥物，是个安静的大学生，是个成绩优秀的高中毕业生，是个认真的中学生，是个忠实的爱人。

　　由于缺乏找工作的激情，也不懂该如何找好工作，我只找了个临时的活儿干，我刚刚签了一份临时工作合同，它让我慢慢负债，有朝一日终会身负巨额债务，我和一个出身比我好太多的姑娘谈恋爱。一个向我展示了资产者的优势和短板的姑娘。她教会我懂得规矩，我必须承认这一点，但是她不知道，这样却使我对自己作为脏兮兮的渔民的儿子的身份更加坚定。让我有机会意识到尽管我的家境比她的差好多，但是我们做得却更好。我们不那么看重形式，但家庭成员之间的关系却更稳定长久。我们很少说别人的坏话，其他人也很少让我们感到烦恼。也许这是因为我们低头只能看到自己的鼻尖，没有远见，或者是因为鼻尖就是我们视线所能及的位置。

也许这道线，这道从远古时代便存在的海天之间无尽的边际线，为你们塑造了一批不那么骄傲自大的人类……

也许……我不知道……以偏概全，自然是不对的，但是……每次她父亲和我握手时，总是会叫错我的名字，一会儿是伊万，一会儿是伊冯，一会儿是埃尔万，每次都是那么含含糊糊。

她呢，她是他的女儿，我爱过她。在我这一生中，我是爱过她的。但是我不理解她所期待的事物。我让她失望了，她也让我失望了。我们彼此都不敢承认这一点，但是我们的身体比我们本人更加诚实，更不讲虚礼。她的气味、她的品味、她的气息、她的汗液，一切都在和我作对。为了让我哑口无言，一切都变了。我想，对她来说我也是一样的。香皂、牙膏还有香水的味道都掩饰不了我的尴尬。

不，我不用想象，我已经知道。

我早就知道。

昨天晚上，我独自一人。我打算去电影院看电影，但是楼梯间的通道被一件家具堵住了。它属于我还不怎么认识的某位邻居，属于住在我们楼上两层的某户人家，一对带着两个女儿的夫妇。我向他们提议帮他们把家具搬到他们的公寓里，我在他们家一直留到第二天的凌晨。

第二天，也就是今天早晨，我乘坐高铁，在上面睡了一路，然后换乘大巴。一小时后，我在一个种满梧桐树的小广场上下了车，我走进一间咖啡馆，一间能给我灵感、令我宽慰的咖啡馆，四周有人在打球。我从口袋里掏出一张纸，向周围的人问询，请他们为我指路。

人们接过这张纸，议论纷纷，关于应该走的方向，众说纷纭，这张纸随着人们的传递越来越皱。

有人说这可能是一张地图，一张中间画着十字的藏宝图。我向他们致谢，他们回答说，或者应该说他们回嘴说"乐意之至"。我吓了一跳。

我没有等太久。一个开小卡车的年轻人愿意让我搭顺风车。他是个石匠。他平时以造游泳池为生，但现在是淡季，所以他改以修小酒窖为生。他冲远处的乌鸦打了个响指，吓得它们一哄而散。等他卷烟的时候，他就用膝盖夹住方向盘，手上加快速度，以保证"稳住车子"。他马上就要做爸爸了，可能就在今晚。他反复说，可能会很危险呢……

我微笑了。他说的所有事情都让我高兴。我喜欢他的嗓音、他的口音、他的口才。他身上像南方土地上灌木的一面。他应该是我的天使，他已经有了一辆以他自己的名字命名的小卡车，他的名字就写在车身上，他还有一份社保和自己的家庭。一切都显得那么有异域情调。

他把我放在一个岔路口。他很抱歉不能送我到目的地，但是这都怪……就在那儿，就在这座山丘后面。我可以沿着公路走，但是要是从田野里穿过去更近。我对他表示感谢。我为能自己走松了一口气。我有点怯场了。我对自己说，随着步伐慢慢变得沉重的行李，正好能让我放松下来。

但这是让我视线模糊的千百种假设中的一种。

我思索着，我行走着，我构想着。

我构想着各种对话、各种回答，我越走越快，想摆脱各种反对的声音。

我的行李压得肩膀生疼。路边有一栋石头建的小房子。门很容易就打开了。我把自己的书放在了里面。

我会回来的。

没人会偷书。

我认出了这栋小房子，就和地图上标的一样。我把我的包留在门前的几根柱子之间，我走进庭院，我向着这栋房子里最精美的地方走去。那里，门前摆着几双长靴，窗口还挂着窗帘。我敲了敲门。但没有人回答。我又加重了力度。但还是没人回答。

该死。宝藏不在这里。

我放眼四周。我试着弄明白自己身在何处，这一切是怎么交错而成的，而我自己又要在这栋房子里做什么。但我彻底糊涂了。

最后，我背后的门终于打开了。我笑容灿烂地转过身，手里捧着鲜花。唉，可惜它们一路而来都枯萎了。

该死，我忘了这一点。

她已经在那儿了吗？

她用下巴向我指了指一个谷仓。要是我找不到，只需要沿着公路一直走，然后去山丘上找一个模糊的影子。

"一个影子或者是一条狗！要是您能看到狗尾巴，那么那人也就不远了！"

她捧腹大笑起来。

我走出三步开外，她又接着说：

"请告诉他汤姆六点有训练！他会明白的！谢谢！"

我糊涂了。我一向对别人的事情很上心，但是现在我却无法向你们描述现在的状况。我没法向你们描述她的脸、她的穿着或是她头发的颜色。我唯一记得的东西是，我努力给自己的视线找个落脚点，好不用看到她的眼睛：我盯着看的是一对支架。

十二　大地

我到底在期待着什么？

我不知道……

某种面目模糊的东西……

一幕场景。

一幕美好的场景。

就像电影或者书里的那样。

一缕光线，一大块天空，还有一个站立着的男人。

是的，没错：一个站立着的男人，还有……呃……手里的一把大修理剪。

甚至等我到了那里的时候，还得有交响乐队伴奏。《星球大战》《女武神下界》或是别的我不知道的电影里的号声。

但是以上这些我都没有看到。与此相反，我发现自己正站在一个被霓虹灯照亮的谷仓门槛上，一条小狗在我身边使劲嗅着，嘴里呼哧呼哧喷着气。

干得好，我的扬努，干得好……

嘿，你的生活不是凶悍型的，它就是个大个子的私生子！

我使劲儿眨了眨眼，但什么都没有，我看到的只有地砖。

"有人吗？"

在一辆拖拉机的引擎盖上（我不知道拖拉机是否有引擎盖，甚至我都不能确定我刚刚说的引擎属于一台拖拉机），一个头发蓬乱的人猛地站起身，嘴里还骂骂咧咧的。

"该死，"他咕哝着，"您是卖保险的小伙子，是吧？帕克！蹲下，该死的！"

悲剧。

呃……我们能重来一次吗，至少没有那条狗在场？

他打量了我一番。我能感觉到他心存疑虑。要是我是安盟保险公司①的员工，那我的穿着未免也太随意了一些，不是吗？

由于我没有回答，他最后转过身来问我：

"我有什么可以帮助您的吗？"

这时候……

就在这时候，我突然怯场了：

"没有，"我对他说，"没有什么。您，没有什么，而我，是的……我哪，我就是为了这件事来的。我是想来帮助您的。抱歉。您好。我叫扬。我……呃……（他转过身来）昨天晚上，我遇到了伊萨克·莫伊兹。他请我去他家吃晚饭，在我们喝了您的酒之后，他对我谈起了您。他把您的故事告诉了我，还有……您妻子生的病……还有所有的一切。他告诉我您自己也不再相信自己，他说您累了，您决定卖掉您的成果，还有……（他现在在打量着我，而我掉转视线，避免和他的目光接触，我在数他外套上的机油污渍）还有……不是。您不会卖掉这块土地的。您不会卖掉它的，因为我已经辞职来帮助您了。我的工作、我的生活、我的女朋友，一切……总之，不是……也不是为了您，是为了我自己，我……摩西家的人愿意把他们的房子借我住到夏天，我有两只手、两条腿，我刚打过疫苗，我是布列塔尼人，我固执己见，我对葡萄酒一无所知，但是我会学习的。只要我有兴趣的东西，我都学得很快的。而且我

———————————

① 一家拥有百年历史的大型综合性保险集团。它起源于法国地方上农民自发创立的农业相互保险公司。——编者注

也有驾照。我可以帮您开车。我可以帮您买东西。我可以帮您做饭。一
会儿我还可以带汤姆去训练，如果您愿意的话。我可以做一切您的……
阿丽亚娜要做但现在却没法做的事情。而且我父母也可以过来帮助您。
我父亲是专业的会计，现在他已经退休，但是他算起账来还和以前一样
快，他会尽他所能帮助您的，我向您保证。再说我母亲和他还在一起搞
一个类似乘房车环游欧洲的活动，等到葡萄收获的季节，他们会一起来
这里，您瞧……他们和他们那些英国、意大利还有荷兰的朋友可以一起
来。我可以向您保证，这一定行，这些人不会和您要工钱的，他们只会
对能参加这样的活动感到非常骄傲！您不用卖掉它，皮埃尔……您在这
里做的一切都太美了……不应该半途而废。"

　　沉默。
　　铅似的沉默。
　　该死的沉默。
　　灰白色霓虹光下坟墓似的沉默。

　　老人径直盯着我的眼睛看着，他的脸上看不出任何表情。他是把我
当作傻瓜了吗？他是不是早就放弃了这里？他是不是已经签了什么文
件？他是不是宁可我是个卖保险的？是清算人？是公证人？他是在想该
怎么尖酸地回答我，好让我从哪里来就滚回哪里去？
　　他是在酝酿词句，好让我这个过得不快活、又想找个生态历险的小

巴黎人，意识到自己自大虚荣的可笑姿态吗？

他是聋了，还是傻了？呃……他是老板本人吗？他是卡瓦内斯吗？他认识我的邻居吗？他是个农业工人，或者是个修拖拉机的修理工？

他懂法语吗？

嘿嘿，尊贵的本地人，你明白我和你说的话吗？

气氛像铅一样沉重。那里应该很危险的，就像我的石匠朋友说的那样。我不知道自己是该向前一步，还是马上转身逃跑。

问题是，我根本一点都不想离开。我从那么远的地方来到这里，从昨天开始我走了那么多路。我不能再回去了。

霓虹灯发出嗡嗡的声音，电路噼啪作响，那条狗窥探着，而我，我在等待着。我手里还握着他的酒标，我遵照我朋友伊萨的指示：我要让命运快活些。

我看上去很古怪吗？现在的境况很古怪吗？遗憾。对我来说太遗憾了。我愿意自己再次被封起来，但是我不会放弃自己的窝的。我过去没有放弃过，现在也不会。

我鼓足勇气，让自己显得彬彬有礼。这没有用。

"嘿……"最后他终于开口问我，"您真的喝了那么多吗？"

他的脸庞看起来还是没有表情，但是那个问号上隐隐透露出一丁点唱歌般的嘲弄的轻微颤动。

我微笑起来。

他又打量了我一会儿，才再次转身去搞他的发动机。

"所以说，是摩西派您来的……"

"是他本人。"

沉默。长久的沉默。

头大。

尴尬。

过了……我不知道……十分钟、十五分钟，也许是二十分钟后，他抬起头，用目光给我指了指方向盘：

"去。发动一下看看。"

于是我发动了。

看看。

（全书完）